Guerra

Louis-Ferdinand Céline

Guerra

Edición de Pascal Fouché

Prólogo de François Gibault

Traducción de Emilio Manzano

EDITORIAL ANAGRAMA
BARCELONA

Título de la edición original:
Guerre

Ilustración: © Offscreen/Shutterstock. Diseño: Eva Mutter

Primera edición: *marzo 2023*

Diseño de la colección: Julio Vivas y Estudio A

ISBN: 978-84-339-0194-1
Depósito legal: B. 229-2023

Printed in Spain

Romanyà Valls, S. A., Sant Joan Baptista, 35
08789 La Torre de Claramunt

PRÓLOGO

Sesenta años después de su muerte, se publica una novela inédita de Céline, cuya acción se sitúa durante la Primera Guerra Mundial, y que trata concretamente de la herida que sufrió el autor y sus consecuencias. Esas doscientas cincuenta hojas del manuscrito fueron mencionadas por el propio Céline, bajo el título de *Guerre*, en una carta dirigida a su editor, Robert Denoël, fechada el 16 de julio de 1934: «He decidido editar *Mort à crédit*, primer libro, y el año próximo *Enfance*, *Guerre*, *Londres*».

Este libro es a la vez una crónica y una novela. Una crónica que, a medida que pasan las páginas, resulta cada vez más novelada.

Al comienzo del libro, Céline explica que, el 27 de octubre de 1914, en Poelkapelle (Bélgica), fue gravemente herido en el brazo derecho y, muy probablemente, en la cabeza, y que yació en el suelo, cubierto de sangre y rodeado de cadáveres, muerto de hambre y sed, antes de conseguir ponerse en pie.

Estas páginas tienen un acento de verdad que hace pensar que se trata de la relación de auténticos recuerdos, incluyendo el soldado inglés que acude a socorrerle, con el que habla en inglés y gracias a quien consigue reincorporarse al ejército.

En una carta que dirigió el 5 de noviembre de 1914 a su hermano Charles, el padre de Louis Destouches escribió:

> Fue herido en los alrededores de Ypres cuando, en plena línea de fuego, transmitía las órdenes de la división a un coronel de infantería.
>
> La bala que lo alcanzó de rebote estaba deformada y aplastada por un primer impacto; presentaba unos surcos de plomo y unas asperezas que le ocasionaron una herida bastante grande, y el hueso del brazo derecho resultó fracturado. La bala le fue extraída la víspera del día en que conseguimos visitarlo en el hospital; no quiso que lo durmieran y soportó tan dolorosa extracción con mucho valor.

En esa misma carta, Ferdinand Destouches explicaba que su hijo había recorrido siete kilómetros a pie para alcanzar el segundo grupo de ambulancias, donde le había sido tratada la fractura. «Tenía que ir de Ypres a Dunkerque en un camión, pero no pudo llegar hasta el final del trayecto porque el dolor le resultaba insoportable, tuvo que bajar en Hazebrouck, donde un oficial inglés lo condujo hasta la Cruz Roja.»

El capitán Schneider, comandante del segundo escuadrón del 12.º regimiento de coraceros, en el que servía Louis Destouches, le escribió al padre de este último:

> Su hijo ha resultado herido, cayó como un valiente, desafiando las balas con el mismo empeño y coraje de los que ha hecho gala desde el comienzo de la campaña.

Este comportamiento heroico fue confirmado por la mención que le fue concedida posteriormente:

> Como enlace entre un regimiento de infantería y su brigada, se ofreció voluntariamente para llevar, bajo un fuego violento, una orden que los agentes de enlace de la infantería vacilaban en transmitir. Llevó esa orden y fue gravemente herido en el curso de la misión.

Esta acción le valió, a partir del 24 de noviembre, ser condecorado con la medalla militar, la llamada Legión de Honor de los suboficiales y soldados de tropa, y después con la Cruz de Guerra, creada en abril de 1915.

Las primeras páginas del libro se corresponden, pues, a lo que ocurrió realmente en Poelkapelle el 27 de octubre de 1914, si bien persiste una duda en torno a las circunstancias de un golpe en la cabeza que Céline parece que sufrió el mismo día, al ser arrojado contra un árbol como consecuencia de una explosión. Esta herida no fue jamás confirmada, pero sabemos a ciencia cierta que Céline se quejó toda su vida de neuralgias acompañadas de intensos acúfenos, como si un tren le pasara por la cabeza.

Marcel Brochard, que conoció a Louis Destouches en Rennes, hablaba de una alteración del tímpano debido al estruendo de las explosiones en el campo de batalla. En cuanto a su suegro, el profesor Follet, atribuyó esos trastornos a un tapón de cerumen y le practicó una insuflación en los conductos auditivos que empeoró la dolencia. Más tarde, Élie Faure, que era médico, se inclinó por la enfermedad de Ménière, a la que se refiere Céline en muchos de sus escritos.

Helga Pedersen, exministra de Justicia y expresidente de la Fondation Paule Mikkelsen, ha puesto a mi disposición un documento que conservaba en su poder, escrito de puño y letra por Céline, que constituye una suerte de chequeo y en el que puede leerse:

> CABEZA: dolor de cabeza permanente (o casi) (cefalea) contra el cual cualquier medicación resulta más o menos ineficaz. Tomo ocho comprimidos de Gardenal diarios, más dos comprimidos de aspirina, y me masajean la cabeza a diario, unos masajes que me resultan muy dolorosos. Padezco de espasmos cardiovasculares y cefálicos que me hacen imposible cualquier esfuerzo físico (así como la defecación).
>
> OÍDO: completamente sordo del oído izquierdo, con agudos zumbidos y silbidos ininterrumpidos. Ese es mi estado desde 1914, cuando fui herido por primera vez y fui arrojado contra un árbol por el estallido de un obús.

Lucette Almansor, que compartió la vida de Céline desde 1935 hasta el fallecimiento del escritor, en 1961, confirmó los dolores de cabeza a los que hace referencia en varias de sus novelas y en muchas de sus cartas.

La leyenda dice que sufrió una trepanación, leyenda que el escritor dejó que circulara, sin desmentirla nunca. Así, en el prólogo a la primera edición del *Voyage au bout de la nuit* en la colección de la Pléiade en 1962, el profesor Henri Mondor, también médico, hablaba de «fractura de cráneo», de su «fisura en el cráneo». Céline no lo desmintió cuando el texto le fue enviado.

Y Marcel Aymé, por su parte, escribió lo siguiente en los *Cahiers de L'Herne*: «De resultas de una trepanación requerida por una herida en la cabeza, trepanación que él sostenía que había sido mal ejecutada, siempre había sufrido violentas migrañas». La versión de Céline, según la cual habría sufrido un golpe en la cabeza, parece la más verosímil –y las primeras páginas de *Guerra* parecen corresponderse con esta verdad.

En cuanto al resto, resulta más difícil distinguir entre la realidad y la ficción, especialmente en lo que se refiere a Peurdu-sur-la-Lys, es decir, Hazebrouck, donde Louis fue hospitalizado.

Uno de los personajes importantes de esta parte de la novela es la enfermera L'Espinasse, que parece aprovecharse de la situación para entregarse gracias a los heridos a prácticas que la moral rechaza. De nuevo es necesario diferenciar entre la leyenda y la realidad... A este respecto, *Guerra* no puede alimentar seriamente los rumores según los cuales una enfermera llamada Alice David habría dado a luz a una niña de la que Céline sería el padre. Muchos han fantaseado sobre este asunto desde el descubrimiento del manuscrito, evidentemente sin haberlo leído, y algunos incluso han llegado a sostener que Céline reconocía en él su paternidad, lo que no es el caso en modo alguno.

Sí sabemos, en cambio, y desde hace mucho tiempo, que una tal Hélène van Cauwel, esposa de un farmacéutico que residía en el número 29 de la calle de la Église, acogió en su casa al suboficial de caballería Destouches cuando estaba de permiso, y que una enfermera, Alice David, había entablado amistad con él, y sin duda algo más. Según este último testimonio, fallecida centenaria, no solo Céline habría sido el amante de Alice, sino que habría engendrado una hija, de quien nadie tiene noticias.

Pierre-Marie Miroux, celiniano e investigador de categoría, ha efectuado largas y minuciosas investigaciones en el norte de Francia sin poder lograr confirmar esta información, que no parece ajustarse a la realidad.

Alice David tenía cuarenta años, Louis Destouches tenía veinte. No se le conocían amantes, era muy religiosa y siempre vivió en familia, acompañada de sus numerosos hermanos, de los cuales al menos uno era sacerdote. En las cartas que le dirigió a Louis cuando dejó Hazebrouck, nunca se hizo referencia alguna a una niña, ni siquiera de manera alusiva. Si bien es cierto que su carta del 9 de febrero de 1915 terminaba con un «buenas noches, querido», la carta precedente, del 31 de enero, terminaba así: «Hasta la vista, mi hermano querido, su hermana mayor le da las gracias por su carta y lo abraza de todo corazón. –¿Cuándo me enviará una foto?».

Para terminar, Pierre-Marie Miroux encontró el acta notarial redactada por el notario encargado de la herencia de Alice David, fallecida en 1943, documento que consigna que dejó como único heredero a su hermano, el canónigo Maurice David, argumento ante el que puede objetarse, naturalmente, que la niña podría haber fallecido antes que su madre.

Por descontado, no puede excluirse que Alice David fuera el modelo de L'Espinasse, pero se trata de un personaje muy diferente de Alice David, una soltera sentimental y muy religiosa, por no decir una beata.

Guerra concluye con una partida a Inglaterra, como mínimo rocambolesca, y que sabemos que es pura invención, aunque está documentado que, una vez restablecido, Louis Destouches se fue a Londres, donde trabajó en el consulado general de Francia de mayo a diciembre de 1915. Luego regresó a Inglaterra para casarse con Suzanne Nebout el 19 de enero de 1916. Y más tarde, el 10 de mayo de 1916, se embarcó en Liverpool en el *RMS Accra* de la British and African Steam Navigation Company, con destino a Douala, en Camerún.

Nunca ha habido una correspondencia exacta entre los acontecimientos vividos por Céline y la evocación en sus novelas. ¿No explicó sus andanzas en África y Estados Unidos en *Viaje al fin de la noche*, publicado en 1932, antes que su infancia en el pasaje Choiseul y su primera estancia en Londres, que no aparecieron hasta 1936 en *Muerte a crédito*? ¿Y Berlín en *Norte*, después de haber evocado Sigmaringen en *De un castillo a otro*? ¿Y la estancia en Londres en *Guignol's Band*, muchos años después de haber vivido allí?

No faltará quien objete que los acontecimientos referidos en *Guerra* hubiesen encontrado su lugar en *Viaje al fin de la noche*, lo que cronológicamente resulta exacto. Sin embargo, no hay duda de que esos capítulos han sido escritos después de la publicación del *Viaje*. Céline consideraba que este último estaba concluido. No se trata, pues, de extractos de su primera novela que el autor, por una razón u otra, hubiera descartado. Al dorso de una hoja del manuscrito figura la dirección californiana de Elizabeth Craig en la época de su ruptura, es decir, en 1933-1934, indicio que permite datarla posteriormente a la novela que obtuvo el premio Renaudot en 1932.

La reaparición de este texto y de otros manuscritos inéditos, todos ellos robados en el piso de Céline en la época de la liberación de París, ha hecho correr mucha tinta. Han sido restituidos a los herederos de Lucette Almansor, viuda y única heredera de Céline, su legítima propietaria, si bien quien los poseía en esos momentos se había comprometido, al menos eso es lo que declaró a los investigadores, a no devolvérselos, lo que constituye la prueba de que sabía que la viuda era la legítima propietaria. A todo esto conviene añadir que desde su prisión danesa, Céline se quejó del robo de muchos de sus manuscritos, la lista de los cuales se corresponde con los que hoy se encuentran en manos de sus herederos.

No es este el lugar para recordar las circunstancias en las que el manuscrito de *Guerra*, junto a otros manuscritos de Céline, entre ellos el de *Muerte a crédito*, pasó a manos de los herederos de Lucette Almansor. Pero es bien cierto que se trata de la primera vez que, transcurridos muchos años de la muerte de un escritor, en este caso sesenta, se encuentran unos textos de tal importancia y pueden de este modo ser publicados por los titulares del derecho moral vinculado a su obra, que han velado para que sean puestos en conocimiento del público tan rápida y escrupulosamente como ha sido posible.

En el caso de *Guerra*, el manuscrito denota una escritura rápida, sin duda una primera tentativa, con muchas palabras que han debido ser descifradas no sin dificultad y algunas otras, por suerte pocas, que han permanecido ilegibles. El manuscrito de *Viaje al fin de la noche*, que fue vendido en subasta en el Hôtel Drouot el 15 de mayo de 2001, y adquirido mediante el derecho de retracto por la Bibliothèque Nationale de France, está escrito de manera mucho más legible y ordenada que el de *Guerra*. Pero este era el último estadio del libro, copiado por el propio Céline, destinado a su secretaria de la época, Jeanne Carayon, encargada de mecanografiar el ejemplar destinado a las editoriales.

Otros textos procedentes de esos manuscritos serán publicados posteriormente bajo la dirección de Henri Godard y de Régis Tettamanzi, a saber: *Londres*, unos complementos a *Casse-Pipe* y *La Volonté du Roi Krogold* –este último título es citado con frecuencia en otras obras de Céline, comenzando por *Muerte a crédito*. El texto de *Londres* constituye, sin discusión, una continuación de *Guerra*, cuyo último capítulo relata la partida del narrador a Londres, invitado por un rico comandante británico, amante ocasional de Angèle, antigua amante de Cascade, que ha sido fusilado acusado de automutilación después de la denuncia de la mujer ante las autoridades militares.

Este último episodio muestra por sí solo hasta qué punto esta novela inédita resulta celiniana, tanto por la vecindad constante de lo trágico con lo cómico como por el hecho de que Céline exprese, como había hecho en *Viaje al fin de la noche*, su horror ante la guerra y la muerte, que son las constantes de toda su obra.

Céline estuvo cerca de la muerte en numerosas ocasiones, durante la Primera Guerra Mundial, en el frente, y en los hospitales donde fue ingresado, a bordo de *Le Chella* en 1939, durante su estancia en Alemania, desde agosto de 1944 hasta marzo de 1945, y aún más en el ejercicio de su profesión de médico.

Louis Destouches regresó del frente mutilado de cuerpo y de espíritu, y, como todos los combatientes de la Primera Guerra Mundial, impregnado de la idea de «nunca más» y de la esperanza de que se trataba de «la última de las últimas».

Precisamente para intentar evitar que se repitieran semejantes horrores Céline escribió *Viaje al fin de la noche*, pero por desgracia no son los escritores, por mucho talento que tengan, quienes cambiarán el mundo.

El suboficial de caballería Destouches fue testigo de la Segunda Guerra Mundial, puesto que Alemania y Francia, dos naciones cristianas, no esperaron más de veinte años para lanzarse una vez más la una contra la otra –lo que les valió a los lectores sus tres últimas obras maestras, *De un castillo a otro* (1957), *Norte* (1960) y *Rigodon*, aparecida después de su muerte, en 1969, trilogía trágica a la vez que cómica, en la que se evoca la agonía de Berlín bajo las bombas, los últimos sobresaltos del Estado francés en Sigmaringen, y su huida con su mujer Lucette y su gato Bébert a través de una Alemania en llamas, trilogía que constituye la genial apoteosis de una obra sin parangón.

FRANÇOIS GIBAULT

NOTA SOBRE LA EDICIÓN

La transcripción de *Guerra* se ha hecho a partir de un manuscrito de primera intención, el único conocido, que presenta numerosas enmiendas y tachaduras, y algunas de cuyas páginas han sido objeto de correcciones. El texto presentado aquí restituye el último estadio de redacción, excepto en unos pocos casos en los que una corrección ilegible se ha reemplazado por la versión precedente.

El manuscrito, en buen estado de conservación, está dividido en seis «secuencias». La primera, de treinta y ocho páginas, presenta la cifra 10 arriba, lo que podría significar que viene a continuación de otra secuencia; las palabras iniciales, «Pas tout à fait», omitidas deliberadamente en la transcripción, refuerzan esta hipótesis. La última página, la única que menciona Noirceur-sur-la-Lys, claramente no pertenece a esta versión, pero ese fue el lugar donde se encontró y no puede situarse en ninguna de las otras secuencias; la hemos transcrito en una nota (véase p. 37). La segunda secuencia, de setenta y una páginas, lleva al principio la cifra 1. La tercera, de treinta y siete páginas, la cifra 2. La cuarta, de treinta y dos páginas, la mención 2'. La quinta, de veintiuna páginas, la cifra 3. La sexta, de cincuenta y una páginas, la cifra 4. Todas estas cifras están anotadas en lápiz azul. Algunas páginas de la cuarta secuencia están escritas en el reverso de unos ejemplares en blanco del «certificado médico» sobre el grado de incapacidad laboral en el marco de la asistencia obligatoria a los ancianos, enfermos e incurables del dispensario de Clichy, donde el doctor Destouches ejercía desde el mes de enero de 1929, y un borrador de carta a Elizabeth Craig, donde figura su dirección en Los Ángeles y datado probablemente en el primer semestre de 1934.

Se han introducido unas mínimas correcciones ortográficas cuando, de manera visible, no se trataba de una falta deliberada por parte del autor; por ejemplo, la confusión entre el futuro y el condicional simple que se produce en numerosas ocasiones. Por norma general, las abreviaciones, frecuentes y recurrentes en Céline, han sido desarrolladas. Algunas palabras, visiblemente suprimidas por error, han sido incorporadas para una mejor comprensión del texto. Del mismo modo, cuando un término ha sido, al parecer, involuntariamente omitido, se ha introducido entre corchetes.

Algunas palabras difícilmente legibles y, por tanto, inciertas han sido mantenidas como lecturas conjeturales; figuran también entre corchetes.

Por último, algunas palabras han resultado ilegibles, a menudo porque son fruto de una escritura rápida, y se han señalado con una mención en itálica entre corchetes.

La puntuación solo se ha corregido o añadido en los casos en que facilite la lectura.

La grafía de los nombres propios se ha respetado, si bien unificado a lo largo del texto siguiendo la forma más frecuente. En cuanto un personaje cambia de nombre es objeto de una nota.

Para facilitar la lectura, se han introducido los puntos y aparte, en general poco abundantes en sus manuscritos (Céline los integraba en una fase posterior de escritura). De igual modo, los diálogos, pocas veces marcados, han sido sistemáticamente ordenados con punto y aparte y precedidos de guiones.

Me gustaría expresar mi reconocimiento a Antoine Gallimard por su renovada confianza, y hacerlo extensivo a Jean-Pierre Dauphin, quien, hasta el momento de su fallecimiento, me permitió beneficiarme de su inmensa cultura celiniana.

La puesta a punto definitiva de este texto no habría sido posible sin la ayuda y los valiosos consejos de Alban Cerisier, Marine Chovin, François Gibault, Henri Godard, Éric Legendre, Hugues Pradier, Véronique Robert-Chovin y Régis Tettamanzi, a quienes quiero manifestar mi eterno agradecimiento.

PASCAL FOUCHÉ

Guerra

Parte de la noche siguiente aún debí de pasarla allí tirado. Tenía la oreja izquierda pegada al suelo con sangre, la boca también. Y entre las dos, un ruido inmenso. Me dormí en el ruido y luego llovió, una lluvia muy densa. Kersuzon, a mi lado, estaba tendido pesadamente bajo el agua. Moví un brazo hacia su cuerpo. Lo alcancé. El otro no podía moverlo. No sabía dónde estaba el otro brazo. Había volado muy alto, se arremolinaba en el espacio y luego bajaba a tirarme del hombro y arrancarme la carne. Cada vez me hacía dar un grito, y entonces era peor. Luego, sin dejar de gritar, conseguí hacer menos ruido que el horrible barullo que me reventaba la cabeza, como si tuviese un tren metido dentro. Rebelarse era inútil. Fue la primera vez que dormí, en medio de aquella tormenta de obuses que pasaban silbando, en medio de todo el ruido posible, pero sin perder del todo la consciencia; dormí en el horror, en definitiva. Excepto cuando me operaron, nunca volví a perder del todo la consciencia. Desde entonces siempre he dormido así, en un ruido atroz, desde diciembre de 1914. Atrapé la guerra en la cabeza. La tengo encerrada en la cabeza.

Bueno. Decía que en medio de la noche me puse boca abajo. Me fue bien. Aprendí a diferenciar los ruidos del exterior de los que ya no me abandonarían nunca más. Si hablamos de sufrimiento, también lo gozaba de lleno en el hombro y la rodilla. Aun así, me puse en pie. En el fondo, creo que hasta tenía hambre. Caminé un poco por esa especie de cercado en el que habíamos hallado el fin, con Le Drellière y el convoy. ¿Dónde estaría ahora Le Drellière? ¿Y los demás? Hacía horas, una noche entera, casi un día entero que habíamos venido a machacarlos. Ahora eran tan solo unos pequeños montículos en la pendiente y en el huerto donde humeaban, chisporroteaban y quemoteaban[1] nuestros coches. El furgón de la fragua no había terminado de carbonizarse del todo; el del forraje estaba en peor estado. En medio de todo aquello no reconocí al suboficial. Sí reconocí, más lejos, uno de los caballos, con una cosa clavada detrás, un trozo de barra de remolque, cubierto de ceniza, aplastado contra uno de los muros de la granja que se derrumbaba a pedazos. Se habían visto obligados a precipitarse al galope entre los escombros, empujados por la metralla como si llevaran un cohete en el culo, nunca mejor dicho. Le Drellière había hecho un buen trabajo. Me quedé acurrucado en el mismo lugar. Era puro barro de obús triturado. En un momento habían caído al menos doscientos obuses. Muertos por todas partes. El tipo de los morrales había reventado como una granada, nunca mejor dicho, desde el cuello hasta la mitad del pantalón. En la panza ya tenía dos ratas bien gordas

1. Como es habitual en Céline, a lo largo de la novela figuran hápax o palabras inventadas por el autor, con verbos como *quemotear*, *pustular*, *febrilar*..., o términos como *desmadramiento*, *remediabilidad*, *susurreo*, *miriamierda*, etc. *(N. del T.)*

que se zampaban su morral de tronchos resecos. El cercado olía a carne podrida y a quemado, sobre todo el montón de en medio, donde había unos diez caballos despanzurrados los unos dentro de los otros. Allí había terminado la galopada, frenada de golpe por un obús, o tres, caídos a un par de metros. El recuerdo de la valija con la guita[1] que llevaba Le Drellière me vino de repente a la cabeza, a lo más profundo de la papilla.

Yo aún no sabía qué pensar. No estaba en un estado como para reflexionar demasiado. Aun así, a pesar del horror que me rodeaba, aquello me preocupaba seriamente, además del ruido de tormenta que paseaba. A fin de cuentas, parecía que de aquella mierda de aventura no quedara vivo nadie más que yo. Tampoco estaba muy seguro de oír los cañones a lo lejos. Los ruidos se confundían. En los alrededores distinguí pequeños grupos, a caballo y a pie, que se alejaban. Me hubiese gustado que fueran los alemanes, pero no se acercaban. Tendrían otras cosas de que ocuparse en otro lugar. Habrían recibido órdenes. Aquí la batalla parecía haber terminado. ¡Tenía que encontrar el regimiento yo solo! ¿Dónde podría estar? Para ser capaz de pensar, aunque fuera una pizca, tenía que volver a empezar una y otra vez, como cuando hablamos con alguien en una estación y pasa un tren. Una pizca de pensamiento muy fuerte cada vez, una detrás de otra. Os aseguro que es un ejercicio que cansa. Ahora ya estoy entrenado. En veinte años se aprende. Tengo el alma más dura, como un bíceps. Ya no creo en las aptitudes. He aprendido a hacer música, a dormir, a perdonar y, como veis, también a ha-

1. Para las referencias a otros escritos del autor, véase la información sobre la obra, p. 145. *(N. del E.) (Las siguientes notas al pie son también del editor, a menos que se indique lo contrario.)*

cer bella literatura, con trocitos de horror arrancados al ruido que ya no se acabará nunca. Pasemos a otra cosa.

Entre los escombros del furgón de la fragua quedaban algunas conservas de carne. El incendio las había hecho estallar, pero para mí ya estaban bien. Luego está la sed. Todo lo que comí a puñados estaba lleno de sangre, mía y de los demás. Entonces busqué un cadáver que conservara algo de aguardiente. Lo encontré junto a la salida del cercado, en el abrigo de un cazador a caballo. Burdeos, dos botellas. Robadas, naturalmente, burdeos de oficial. Luego me dirigí hacia el este, por donde habíamos venido. Cien metros. Empecé a ver las cosas fuera de sitio. Creí ver un caballo en medio del campo. Quise montarlo y cuando me acerqué no era más que una vaca hinchada, muerta desde hacía tres días. El cansancio me vencía. También vi unas piezas de baterías que seguramente no existían. Con el oído me pasaba lo mismo.

Seguía sin encontrar soldados. Unos kilómetros más. Volví a beber sangre. El ruido se me calmaba un poco en la cabeza. Entonces lo vomité todo, incluidas las dos botellas enteras. Todo daba vueltas. ¡Mierda, Ferdinand, me dije, no vas a morirte ahora que has hecho lo más difícil!

Nunca había sido tan valiente. Luego pensé en la valija, en todos los furgones [del regimiento] saqueados y entonces me dolieron tres cosas a la vez: el brazo, la cabeza llena de ese ruido horrible y, aún más profundo, la conciencia. Estaba aterrorizado, porque en el fondo soy un buen chico. De no haber tenido la lengua pegada por la sangre me habría hablado en voz alta. En general, es algo que me da valor.

Era un terreno llano, pero las zanjas traidoras y profundas, llenas de agua, me dificultaban el avance. Había que hacer desvíos infinitos, y volvía a encontrarme en el mismo lugar. Me pareció oír silbar unas balas. Pero el abrevadero donde me paré sí que parecía real. Me sostenía el brazo con el otro, porque ya no podía mantenerlo recto. Lo llevaba muerto a mi lado. A la altura del hombro tenía una especie de esponja hecha de tela y de sangre. Si la movía un poco dejaba de vivir a tal punto que me producía un dolor atroz hasta lo más hondo de la vida, nunca mejor dicho.

Sentía que aún quedaba mucha vida dentro, que se defendía, por decirlo así. Nunca lo habría creído posible si me lo hubiesen contado. Ahora mismo no caminaba del todo mal, unos doscientos metros cada vez. El sufrimiento era abominable, desde la rodilla hasta el interior de la cabeza. Aparte del oído, que era una papilla sonora, las cosas ya no eran las mismas ni como antes. Parecían hechas de masilla, los árboles no estaban clavados, el camino hacía pequeñas subidas y bajadas bajo mis botas. No llevaba encima otra cosa que el capote y la lluvia. Seguía sin ver a nadie. La tortura de la cabeza sonaba con fuerza en medio de aquel campo tan grande y tan vacío. Casi me daba miedo escucharme. Hacía tanto ruido, por dentro, que creía que iba a despertar la batalla. En el interior hacía más ruido que una batalla. A lo lejos, en un claro de sol, emerge sobre los campos un campanario de verdad, enorme. Ve hacia allí, me digo. Es un destino como cualquier otro. Y luego me siento, con el gran barullo en el tarro, el brazo hecho trizas, y me fuerzo a recordar lo que acaba de pasar. No podía. Vaya ruina de memoria. Y además, para empezar, tenía demasiado calor, y el campanario cambiaba de distancia, me perforaba los ojos desde muy cerca, después desde más lejos. Puede que sea un espejismo, me digo. Pero no soy tan idiota. Puesto que todo me duele tanto, el campanario también existe. Era una manera de razonar, de recuperar la fe. Y otra vez de camino por el arcén. En un recodo, la silueta de un tipo se mueve sobre ese fondo pueblerino, espero que me vea. Creo que es un cadáver que se contonea, serán alucinaciones. Iba vestido de amarillo y llevaba un fusil, nunca había visto un tipo disfrazado así. ¿Temblaba él o era yo? Me hace una señal para que avance. Voy. No corría ningún riesgo. Ahora me habla de cerca. Lo reconozco enseguida. Era un inglés. En mi estado, me parecía fantástico que fuera inglés. Con la cara llena de sangre como la tenía, entonces le contesto en inglés, me sale solo. Yo, que no había querido soltar ni dos palabras cuando me mandaron allí para aprenderlo, me pongo a darle conversación al tipo de amarillo. La emoción, sin duda. Hablarle en inglés le sentaba bien a mi oído. Me parecía que tenía menos ruido. Entonces me ayuda a caminar. Me respalda con mucho cuidado. Yo me detenía a menudo. Creo que es mejor que haya sido él, y no un imbécil de los nuestros, quien me haya encontrado. A él, al menos, no tenía que contarle toda la guerra, ni cómo había terminado nuestra expedición.

–Where are we going? –le digo.

–A Ypréss[1] –me contesta.

Ypréss debía de ser donde el campanario. ¿Así que era de verdad, un campanario de ciudad? Todavía quedaban unas buenas cuatro horas, así como íbamos, a la pata coja, a través de los senderos y los campos. Yo no veía con mucha claridad, pero lo veía todo negro. Me había dividido el cuerpo en partes. La parte mojada, la parte que estaba borracha, la parte del brazo, atroz, la parte del oído, abominable, la parte de la amistad hacia el inglés, muy conso-

1. Céline remeda la forma como el soldado inglés pronuncia el nombre de la ciudad de Ypres, que más adelante aparece mencionada correctamente. *(N. del T.)*

ladora, la parte de la rodilla, que hacía lo que le daba la gana, y la parte del pasado, que buscaba, lo recuerdo bien, cómo aferrarse al presente y que no podía más –y luego, el futuro, que me daba más miedo que todo lo demás, una parte muy extraña que, por encima de las otras, quería contarme una historia. Era curioso: a todo eso no podía llamársele infelicidad. Todavía anduvimos un kilómetro más. Luego me negué a seguir avanzando.

–¿Adónde ibas? –le pregunto entonces.

Me paro. No avanzo más. Sin embargo, Ypres no está muy lejos. Los campos rodaban a nuestro alrededor, se hinchaban en forma de grandes jorobas movedizas, como si unas ratas enormes levantaran terrones al desplazarse bajo los surcos. Quizá eran personas y todo. Qué exageración, un ejército que parecía ir a ras de tierra... Era mejor que me quedara sentado. Sobre todo con esos ruidos de tempestad que me pasaban entre los oídos. Corrientes de aire huracanadas en la cabeza. De repente me puse a chillar.

–I am not going! I am going to the guerra de maniobras!

Y dicho y hecho. Volví a levantarme, con el brazo, el oído, la sangre que me cubría, y me fui derecho hacia el enemigo, desandando el camino. Entonces mi compañero me riñó, entendí cada palabra. Me estaba subiendo la fiebre, cuanto más calor tenía, más fácilmente entendía el inglés. Cojeaba, pero en cuestión de valor era cabezota. El inglés ya no sabía cómo detenerme. Como quien dice, nos peleamos en medio de la llanura. Menos mal que nadie podía vernos. Al final ganó él, me agarró por el brazo, el que tenía abierto. Cómo no iba a ganarme así. Le seguí. Pero no habríamos avanzado un cuarto de hora en dirección a la ciudad cuando veo venir hacia nosotros, por la carretera, una docena de jinetes de caqui. Al verlos tan cerca me imagino cosas, que la batalla va a comenzar de nuevo.

–Hurray! –vocifero en cuanto los veo a lo lejos–. Hurray!

Ya sabía que eran ingleses.

–Hurray! –me responden.

El oficial se acerca. Me dirige un cumplido.

–Brave soldier! Brave soldier! –me dice–. Where do you come from?

En eso sí que no había pensado, de dónde comía from [*sic*]. El cabrón me dio miedo.

Quería largarme por todas partes a la vez, por delante y por detrás, por los dos lados. Entonces el compañero que se había hecho cargo de mí me mete una patadón en el culo, dirección la ciudad. Nadie quería que siguiera siendo valiente. Yo ya no sabía dónde poner la cabeza, si delante o detrás, y me dolía muchísimo. Le Drellière no había visto nada de todo esto. Había muerto demasiado pronto. En un segundo, la carretera empezó a subir hacia mí, muy suavemente, como un beso, hasta la altura de los ojos, y me tendí encima como si fuese una cama muy confortable, con todo el bombardeo que tenía en el tarro. Luego todo se fue calmando todavía más, y los caballos de los caquis volvieron hacia mí, quiero decir su [estúpido] galope, porque ya no vi a nadie más.

Cuando recobré mi especie de sentido, estaba en una iglesia, sobre una cama de verdad. Me despertó otra vez el ruido de los oídos, y un perro que creí que me comía el brazo izquierdo. No insistí. A menos que ahora me abriesen la barriga a lo bruto, no podía dolerme más por todas partes. No duró una hora, no, duró toda la noche. Vi un gesto extraño en la sombra que me envolvía, muy delicado, muy melodioso, que despertó algo vago en mí.

No me lo podía creer. Era el brazo de una tía. Eso me lo noté directamente en la picha. Eché una mirada disimulada al lugar donde tenía que estar el culo. Me pareció que ondulaba, bajo la tela bien tirante, yendo de aquí para allá entre los camastros. Como un sueño que vuelve a empezar. ¡La vida tiene cada cosa! Los pensamientos se me torcieron, como embrollados, y siguieron ese trasero en espera, con prudencia. Me llevaron rodando a una esquina de la iglesia, una esquina bien iluminada. Volví a desmayarme, supongo que a causa del olor, sería la anestesia. Debieron de pasar dos días, todavía con más dolores, y unos ruidos enormes en la cabezota, que con vida verdadera. Es raro que me acuerde de aquellos momentos. Pero lo que recuerdo no es tanto el sufrimiento como la sensación de no ser responsable de nada, como un idiota, ni siquiera de mis carnes. Era más que abominable, era una vergüenza. Qué cosa tan ridícula, ver a una persona así, con su pasado incierto, atroz, ya reseco, escacharrándose y persiguiendo los trozos. Miraba la vida, aquella vida que casi me torturaba. Cuando me traiga la agonía de verdad, le escupiré así en la cara. A partir de cierto momento, la agonía es una memez, a mí no me engañan, la conozco bien. La he visto. Ya nos encontraremos. Tenemos una cuenta pendiente. Que se joda.

Pero tengo que contarlo todo. Al cabo de tres días, cayó un obús en el altar mayor, un obús de los buenos. Los ingleses que llevaban el hospital de campaña decidieron que nos marchábamos. A mí no me apetecía especialmente. Aquella iglesia tenía unas formas que también se movían, unas columnas de gelatina de feria que se enroscaban en el amarillo y el verde de los vitrales. Nos daban de beber limonada con unos pisteros. En cierto sentido, no estaba tan mal. Una pesadilla: vi desfilar, en lo alto de las bóvedas, sobre un caballo de oro con alas, al general Métuleu des Entrayes, que me estaba buscando... Me escrutaba, intentaba reconocerme, luego movió la boca y el bigote comenzó a aletearle como una mariposa.

–Estoy cambiado, ¿verdad, Métuleu? –le pregunto con mucha calma y mucha familiaridad.

Y luego, a pesar de todo, me volví a dormir, pero con una preocupación añadida, bien definida, exactamente entre los rabillos de las órbitas y hasta lo más profundo de las ideas, más lejos incluso que ese ruido tan grande que no consigo acabar de describir.

Seguramente nos llevaron a la estación y nos fuimos en tren. Eran furgones. Aún olían a estiércol fresco. Íbamos despacito. No hacía mucho tiempo habíamos llegado en sentido contrario para hacer la guerra. Habían pasado uno, dos, tres, cuatro meses. En mi vagón solo había dos filas de camillas a lo largo. Yo estaba cerca de la puerta. Había otros olores que me eran familiares, el de los muertos y el del fenol. Seguro que era una evacuación de urgencia del hospital de campaña.

–So. ¡So! –exclamé en cuanto me desperté un poco.

Al principio nadie respondió. Avanzábamos, por así decirlo, paso a paso. Después de repetirlo tres veces, dos del fondo me respondieron:

–¡So! ¡So!, es un buen grito para los heridos. Es lo más fácil de decir.

¡Chucu! ¡Chucu!... A lo lejos, la locomotora atacaba la pendiente. Las explosiones de mis oídos no me engañaban. Nos detuvimos al borde de un río que manaba de la luna, luego retomamos la marcha a sacudidas. Era casi exactamente como a la ida, en resumen. Me hizo recordar la batalla de Péronne. Me preguntaba qué tipo de soldados viajaban tumbados en el furgón, si serían franceses o ingleses, o quizá belgas.

¡So, so! lo puede entender todo el mundo, así que volví a gritar.

Nadie respondió. Solo que los que gemían, gemían

más. Excepto uno que repetía «Marie», con bastante acento, y luego un *glu glu* muy cerca de mí, un tipo que debía de estar vaciándose por la boca. También conocía ese tono. En dos meses me había aprendido casi todos los ruidos de la tierra y de los hombres. Nos quedamos unas horas más inmóviles en el terraplén, en pleno frío. Solo el *chucu chucu* de la locomotora. Y una vaca que hacía *muuu muuu* con más fuerza que yo, en un prado vecino. Le contesté para ver qué pasaba. Debía de tener hambre. Rodamos un poco, *brrrum, brrrum...* Todas las ruedas, todas las carnes, todas las ideas de la tierra estaban apretujadas en el ruido que tenía en el fondo de la cabeza. Fue en ese momento cuando me dije que aquello se había acabado. Que ya estaba bien. Apoyé un pie en el suelo. Lo pude soportar. Me giré. Conseguí sentarme. Escruté la sombra del vagón, delante, detrás... Me acostumbré a la oscuridad. Los cuerpos ya no se movían bajo las mantas de las camillas. Había dos filas de camillas. Dije:

–So, so.

Nadie respondió. También me aguantaba de pie, no mucho tiempo pero el suficiente para ir hasta las puertas. Con un brazo las abrí un poco... Me senté sobre el reborde, en medio de la noche. Era exactamente como cuando habíamos subido hacia la guerra, pero ahora bajábamos, todavía más despacio. El vagón ya no transportaba caballos. Debía de hacer mucho frío, el verano ya había terminado, pero yo tenía un calor y una sed como de verano, y además veía cosas en la oscuridad. A causa de mis ruidos, oía voces, columnas enteras de soldados que cruzaban los campos, a dos metros del suelo. Ahora les tocaba a ellos subir hacia la guerra. Yo estaba de vuelta. El nuestro era un vagón más bien pequeño, pero cuando lo pienso debía de llevar por lo menos quince muertos. Tal vez se oía algún cañonazo a lo lejos. En los otros vagones debía de ocurrir lo mismo. *¡Chucu chucu!* A la locomotora le costaba lo suyo arrastrar todo aquello. Íbamos hacia la retaguardia. Si me quedo con ellos, me decía, estoy muerto de verdad, pero tenía tantos dolores y tanto ruido en la cabeza que, en cierto sentido, morirme me habría hecho bien. El vagón se detuvo bajo una lámpara de gas, y pude ver el cadáver que estaba en la camilla del fondo, del lado derecho, le vi la cara, luego todas las otras caras. Me dieron ganas de hablarles.

–¡So, so! –les dije.

Luego el tren siguió arrastrándose junto a los campos, una pradera cubierta de una niebla tan espesa que me dije: Ferdinand, vas a caminar por encima como si estuvieras en tu casa.

Y me puse a caminar por encima. Avancé sin dificultades sobre aquel edredón, nunca mejor dicho. Me ponía nubes por todo. Ya está, me dije, esta vez sí que voy a desertar en serio. Me senté, estaba mojado. Un poco más lejos ya se veían los muros de la ciudad, unas murallas altas, un castillo fortificado la protegía. Una gran ciudad del Norte, no cabía duda. Me senté a contemplarla. Estaba salvado, ya no estaba solo. Pongo cara de golfo. Estaban Kersuzon, Keramplech, Gargader y el joven Le Cam a mi alrededor, sentados en círculo, por decirlo así. Lo único es que tenían los ojos cerrados. Me dirigían reproches. En una palabra, que venían a vigilarme. ¡Habíamos pasado casi cuatro años juntos! Y aun así, nunca les había contado historias. Gargader sangraba en mitad de la frente. Teñía de rojo toda la niebla que tenía debajo. Se lo hice notar. Kersuzon, es verdad, no tenía brazos, solo unas grandes orejas para escucharme bien. A través de la cabeza del joven Le Cam pasaba la luz, a través de los ojos, como si fueran dos mirillas. Era bien raro. A Keramplech le había crecido la barba, tenía el pelo largo como una dama, no se había quitado el casco y se arreglaba las uñas con la punta de una bayoneta. También quería escucharme. Las tripas se le habían escurrido por el culo y estaban escampadas por todo el campo. Tenía que hablarles, si no, seguro que me denunciarían. La guerra, les dije, está en el norte. Aquí se terminó. No dijeron nada.

El Rey Krogold[1] volvió a su casa. En el momento en que decía esto sonaron unos cañonazos. Hice como que no los oía. No eran de verdad, les dije. Los cuatro nos pusimos a cantar. ¡El Rey Krogold volvió a su casa! Desafinábamos. Le escupí a la cara a Kersuzon, que estaba rojo. Entonces se me ocurrió una idea. Era bonita. Estábamos frente a Cristianía. Lo sigo creyendo. Por la carretera, hacia el sur, venían hacia mí Thibaut y Joad. Llevaban unos trajes muy extraños, en realidad eran colgajos. También venían de Cristianía, tal vez de saquear. ¡Vais a tener fiebre, panda de malditos! Eso es lo que les grité. Kersuzon y los demás no se atrevían a contradecirme. Al fin y al cabo, el brigadier era yo, incluso después de todo lo que había pasado. Con o sin deserción, el que sabía era yo. Tenía que saberlo todo.

–Cuenta –le dije a Yvon Gargader, que era de la región–. Fue Thibaut quien mató al tío Morvan, el padre de Joad, vamos, dilo, fue él quien lo mató. Cuenta –le dije–. Cuéntame más, quiero decir, desde el principio. Cuéntame cómo lo mató; ¿fue con un cuchillo, una cuerda, un sable? ¿No? Entonces le reventó la cabeza con un pedrusco.

–Es verdad –respondió Gargader–. Fue exactamente así, palabra por palabra.

1. Alusión a *La Volonté du Roi Krogold*, que Céline escribió y utilizó en *Muerte a crédito*. Véase la información sobre la obra, p. 145.

El tío Morvan le había prestado algo de dinero para que se callara y no se llevara a su hijo a la aventura, para que lo dejara vivir su vida tranquilo junto a él, en Terdigonde, la Vendée, como nosotros en otro tiempo en Romanches del Somme, donde los aburríamos tanto en el 22.º regimiento, antes de la guerra. Un día había invitado al padre de Joad, invitados poderosos y ricos, gente del parlamento que se emborrachaban en su casa. También estaba borracho, el tío Morvan, un poco más que los otros, borracho de vomitar. Había abandonado su lugar en el banquete para asomarse a la ventana. En el callejón no había nadie. Bueno, sí, un gatito, un pedrusco. Thibaut apareció en ese momento por la esquina.

–Ahora no vendrá tu amiguito, ¿verdad? No va a venir ahora a divertirnos con su instrumento... Ya le pagué. Me pidió veinte escudos por adelantado... Ese Thibaut es un ladrón, siempre lo he dicho.

En ese momento, Thibaut lo oyó, se incorporó con el pedrusco en la mano y lo mató de un golpe en la sien. A fin de cuentas, una injuria bien vengada, vengada del todo. Terrible. Su alma partió tal como estaba, salió volando como el sonido de la campana al primer toque.

Thibaut entró en la casa con los guardias. Enterraron al procurador tres días después. La tía Morvan se quedó muy triste, pero no sospechaba nada. Thibaut hasta se instaló en la habitación del muerto, como si fuera un amigo. Con Joad se iban a hacer rondas interminables por las tabernas. Después los dos se cansaron. Joad solo pensaba en amores lejanos, en la princesa Wanda, la hija del Rey Krogold, en los altos de Morehande, todavía más al norte de Cristianía. Thibaut solo quería aventuras, ni siquiera aquella casa tan rica pudo retenerlo. Había matado por nada, por placer, en una palabra. Y hete aquí que se marcharon los dos. Los vemos atravesar la Bretaña como Gargader en otro tiempo, los vemos dejar para siempre Terdigonde, la Vendée, como Keramplech.

–¿A que os ha gustado mi historia? –les dije a mis tres asquerosos.

De entrada no dijeron nada, después Cambelech se puso detrás de mí, no me lo esperaba. Tenía la cara partida en dos, la mandíbula inferior le pendía sobre los colgajos asquerosos.

–Brigadier –me dice, ayudándose de las manos para mover la boca...–, no estamos contentos, nosotros no necesitamos historias como esta...[1]

1. El manuscrito consta de una última hoja que está claramente fuera de sitio, puesto que se le comunica a Ferdinand que será operado al día siguiente, lo que no ocurre hasta la segunda secuencia. Al no poder insertarla en parte alguna del manuscrito, deducimos que corresponde a otra versión del texto. Esta es la transcripción: «–¡Firmes! –les grité entonces–. ¡Firmes! –grité con más fuerza. / –Cálmese, amigo mío –me responde la dama–, cálmese... Ya pasó..., ahora se beberá esto y mañana por la mañana lo operarán. / Todo esto ocurría en el hospital de la Perfecta Misericordia el 22 de enero de 1915, en Noirceur-sur-la-Lys, hacia las cuatro de la tarde».

Imposible estar más sonado. Pero aun así, era duro de pelar, porque no fue hasta al cabo de dos días cuando me recogieron, tirado en un prado al que llegué rodando tras resbalar del vagón. Yo seguía diciendo tonterías, seguro. Y al hospital que me llevan. Antes de escoger se lo pensaron mucho. No sabían si era belga o inglés, francés también lo dudaban, hasta ese punto me había ido vistiendo a trozos por el camino. Habría podido ser alemán y no se hubiesen enterado. Y además, en cuestión de hospitales de campaña, en Peurdu-sur-la-Lys los había para todos los gustos. Era una ciudad pequeña, pero en el lugar perfecto para recibir a heridos de cualquier batalla. Me pusieron unas etiquetas en la panza y al final acabé en el Virginal Secours, calle de Trois-Capucines, que estaba dirigido por unas damas de la alta sociedad y unas monjas. Como destino no era el más fetén, lo demostraré a continuación. En cierto sentido, me jodía estar mejor, porque tenía que hacer un esfuerzo para seguir diciendo tonterías mientras me trasladaban. La cosa ya no estaba tan clara. Los dos días y las dos noches que pasé sobre la hierba en el fondo me sentaron bien, una puta vitalidad. Miraba de reojo, desde la camilla, para ver a los tipos que me llevaban a la ciudad, unos enfermeros de pelo cano. El dolor y el ruido, el silbido, todo ese jaleo, volvieron de golpe al recobrar la consciencia, pero eran soportables. En definitiva, prefería el gran deterioro anterior, cuando estaba casi muerto, excepto por una especie de diarrea de dolores, de [música] y de ideas. Ahora estaba claro que tendría que responder si me preguntaban. Eso era lo grave, a pesar de que todavía tenía la boca llena de sangre y un enorme tapón de guata en la oreja izquierda. Ya no podía ser tan pillo como para recurrir, así de repente, al truco de soñar con la leyenda de Cristianía, porque ahora tenía una tiritona. Estaba frío como un muerto, en definitiva, pero solo el frío. La cosa no iba bien. Me hicieron franquear la puerta de la ciudad, un auténtico puente levadizo, con grandes precauciones. Nos cruzamos con oficiales, incluso un general, y muchos ingleses, soldados, cafés, peluqueros. Unos caballos que llevaban al abrevadero me recordaron mil cosas. Yo veía todo aquello y me acordaba de Romanches. ¿Cuántos meses hacía que habíamos partido? Como si hubiésemos dejado un mundo atrás, como si hubiésemos caído de la luna...

A pesar de todo, no se me escapaba detalle del nuevo sitio. Vale que era muy difícil llegar a estar más feo y asqueroso que yo, pero aun así, me olía algo: al final aquellos tipejos ingratos tendrían algo que reprocharle al medio tonto, al trozo de carne sanguinolenta, a la oreja estrepitosa, a mi cabezota derrotada, y no tendría escapatoria.

–Bueno, Ferdinand –me dije–, no te has muerto a tiempo, menudo cobarde estás hecho, eres un puto haragán, peor para ti y para tu cara de idiota.

No me equivocaba mucho. Estoy dotado para la imaginación, puedo decirlo sin ofender a nadie. Tampoco le temo a la realidad, pero con lo que ocurría en Peurdu-sur-la-Lys había como para quitarles la fiebre a un par de batallones. No me hagáis preguntas. Me explico. Ya juzgaréis. En casos como este, uno es su mejor consejero. Uno apela a lo que le pueda quedar de esperanza. La esperanza no brilla con mucha fuerza, una candelita al final del todo de un infinito pasillo perfectamente hostil. Uno se contenta con eso.

–Pase, se lo ruego.

Ya estamos. Los enfermeros me dejan en el sótano de la casa.

–¡Está en coma! –anuncia una señorona atractiva–; déjenlo aquí, ya veremos...

Hago ruidos con la nariz al oír estos comentarios. Me acojona que me metan vivo en una de esas cajas. Veo cajas y caballetes. La señorona vuelve de repente.

–¿Qué os decía? ¡Está en coma!

Luego se pregunta:

–¿Tiene la vejiga vacía, por lo menos?

Me pareció una pregunta rara, incluso en mi estado comatoso. Los tipos que me habían traído no sabían nada de mi vejiga. Precisamente, tenía ganas de mear. Lo suelto, corre por la litera y luego cae al suelo, sobre los baldosines. A la tía no se le escapa. Me abre de golpe el pantalón. Me palpa el romeo. Los tipos salen a buscar a otro comatoso. La tía insiste con más precisión en mi pantalón. Puede que no os lo creáis, pero se me empina. No quería parecer demasiado muerto como para que me metieran en una caja, pero tampoco quería empalmarme tanto que me tomaran por un impostor. Qué va, la señorona me palpa con tanta decisión que me retuerzo. Entreabro un ojo. La habitación tiene unas cortinas blancas, el suelo embaldosado. A derecha e izquierda, las literas recubiertas de sábanas rígidas. No me equivoco. Era eso. Y sobre los caballetes, otros ataúdes que van llegando. No era el momento de equivocarse.

–Haz un esfuerzo, Ferdinand, estás en una circunstancia excepcional. ¿No eres un embustero? Pues embustea.

De entrada, a la chavala yo debía de gustarle. No se la veía asqueada. No me soltaba el cipote. Me digo: ¿hay que sonreír?, ¿mejor que no? ¿Hay que parecer amable o inconsciente? Visto lo visto, balbuceo. Es menos arriesgado. Retomo mi cancioncilla:

–¡Quiero ir a Morehande!... –melodío entre dos coágulos...–. Iré a ver al Rey Krogold... Iré solo a hacer una gran cruzada...

De repente la chavala se anima, me hace una auténtica paja sin contemplaciones, sin duda tranquilizada al oírme decir tonterías, pero me hago daño en el brazo y me agito como un sapo. Aúllo un poco y lo doy todo, le pongo las manos perdidas, abro un poco más los ojos, me limpia con un algodón. Estoy delirando, eso es todo. Entran otras mujeres. Las examino. Son del tipo virgen aún. Oigo a mi nena:

–Hay que sondarlo. Acérquese, señorita Cotydon, practicará con este herido, tiene algo en la vejiga... El doctor Méconille lo ha dejado muy claro al marcharse... «Hay que sondar a los heridos que no orinen... Hay que sondarlos...»

Me suben al primer piso, pues, en teoría para sondarme. Me tranquilizo un poco. Echo una ojeada. No hay ataúdes en el primer piso. Solo camas entre biombos.

Me desvisten entre cuatro mujeres. Primero me mojan bien de arriba abajo, todos los andrajos, porque todo está como pegado, desde el pelo hasta los calcetines. Mis pies forman parte del cuero. Ahí las maniobras se vuelven dolorosas. Tengo el brazo lleno de gusanos, los veo vibrar, los siento. De repente la niña Cotydon se encuentra un poco mal. Mi pajillera toma el relevo. No está mal, la pajillera, excepto por los dientes bastante salidos, y también un poco verduzcos, un detallito bien asqueroso. No pasa nada. Según parece, esta es la atmósfera más conveniente y protectora. Abro los ojos, los dos, pero bien fijos en el techo.

–Muerte a Gwendor el felón, muerte a los alemanes felones... Muerte a los invasores de la pobre Bélgica.

Ahora disparato por los cuatro costados. Tomo precauciones, me están examinando... Siguen siendo cuatro.

–El pobre sigue delirando. Traedme todo lo necesario. Voy a sondarlo yo misma –medita la pajillera.

–Sí, señorita, enseguida le traigo las sondas.

Me dejaron solo con esta individua. Y dicho y hecho. Pero ahora en serio, me raspó lentamente el interior de la minga. Se acabaron las bromas. Ya no se me empinaba. Ni siquiera me atrevía a chillar. Luego me vendó y me hizo cambiar las gasas de la cabeza, la oreja y el brazo. Me dieron de beber con una cuchara y entonces me dejaron en paz.

–Descanse –me dijo la sondadora en jefe–, y dentro de un rato vendrá el capitán Boisy Jousse, nuestro oficial de administración, a hacerle unas preguntitas. Eso si se encuentra en condiciones de responderle, y luego esta noche lo visitará el doctor Méconille...

Había futuro. No estaría «en condiciones», como decía la enfermera. A Boisy Jousse, de entrada, no le dije nada. Tan sencillo como que durante unos diez días pensaron lo que quisieron. No llevaba papeles conmigo. No tenía nada más que mi cara ensangrentada, el interior mucho peor y el resto a juego, eso era todo. Más miedo me daba que me sondaran otra vez. Era una manía que tenían. Señorita L'Espinasse, se llama la sondadora, era la jefa de todo. Por las tardes me subía la fiebre, buena cosa. No gangrenaba pero poco faltaba. Solo apestaba. Todavía no habían resuelto si me aislaban abajo, con los agónicos, o no. A L'Espinasse ya no le debía de divertir sondarme, meneármela tampoco. Una noche, el doctor no vino, estaba ocupado. Ella pasaba entre las camas y me besó en la frente, a escondidas, detrás del biombo. Entonces le devolví un poquito de poesía murmurante..., como si expirase...

–Wanda, no esperes más a tu prometido. Gwendor, no esperes más a un salvador... Joad, tu corazón sin bravura... Veo a Thibaut acercarse al Norte... Al norte de Morehande, Krogold vendrá... a capturarme...

Y luego hacía *glu glu*, hasta sabía escupir sangre bombeándome fuerte la nariz. Entonces ella me taponaba las narinas con una compresa y me volvía a besar. En el fondo, era apasionada. No acababa de entender muy bien su carácter, pero ya me olía que la necesitaría, a la señorona, en un futuro. Y bien que hice.

El doctor Méconille, en cuanto me exploró al día siguiente, se entusiasmó. Quería operarme a toda pastilla, esa misma noche. L'Espinasse se resistió, en nombre de mi agotamiento. Creo que eso me salvó. Él, si lo entendí bien, quería sacarme la bala del fondo del oído enseguida. Y ella no quería. Yo, con solo ver a Méconille, estaba seguro de que si la emprendía con mi cabeza sería el fin. En cuanto salió, las tías que rodeaban a L'Espinasse le dieron la razón, «Méconille es médico, no cirujano, y si quiere operarle es para practicar, tendría que comenzar por los casos fáciles. Que la guerra duraría mucho..., que ya tendría tiempo, habría podido empezar por apañarme el hueso del brazo, por ejemplo, que también lo tenía roto, pero que la cabeza era demasiado difícil para él..., para un estreno». A mí, como lo primero que me habían enseñado era el lazareto del sótano, me había entrado como una especie de terror suplementario, me habían metido el miedo en el cuerpo. Si no me hubiesen enseñado el lazareto, con los caballetes y los féretros encima, quizá no me habría obstinado, me habría dejado doblegar, pero haber visto las cajas me hacía resistir, hasta el extremo. Lo que me repugnaba del lazareto era el olor a podrido de los muertos. Seguro que además, si Méconille no acababa conmigo con su operación, me aumentarían los vértigos y la tormenta y el tren que me silbaba en la cabeza, de tanto manosear mi misterio por el interior. Yo lo utilizaba para reírme de mi suplicio. No tenía ninguna fe en que Méconille pudiera aliviarme. Bastaba con verle. Para empezar, no se quitaba nunca un par de gafas y unos quevedos añadidos, una barba más grande que la cara, una bata tan pequeña que no podía separar los brazos del cuerpo, las manos peludas hasta las uñas, y unas polainas que se le caían arrugadas sobre los talones. Todo cuanto es sucio y molesto, en suma, ese era Méconille. Así pues, no se decidían, me echaba una ojeada de mierda en la visita de la mañana y luego me dejaban sufrir en suspenso, hasta que una mañana, muy amablemente, L'Espinasse me pidió mi número de identificación. Le di uno cualquiera. No era asunto suyo. Que me identificaran lo más tarde posible, me decía. Al día siguiente pasé muy temprano por el éter. De sensaciones horribles yo personalmente ya iba servido, pero L'Espinasse me sirvió otra ración, apretándome el cono del fuelle sobre las napias con las dos manos. Era fuertota.

De entrada, me puse las botas. Lo juro, era tanto lo que me habían llegado a hacer que me lancé a su mascarilla de delirio con una especie de felicidad. Si hablamos de campanas, el éter determinó un auténtico huracán personal; en el fondo, una sorpresa. Ya que iba a quedarme sordo, me zambullí en aquella orquesta como en el corazón de una locomotora. Pero sabía muy bien que era mi corazón el que proporcionaba la violencia. Entonces sentía escrúpulos con él. Tienes un buen [corazón], Ferdinand, ánimo, me decía... No tendrías que abusar de él... No es bonito eso que le haces, es una vileza... Te aprovechas...

Después quise remontar a la superficie del ruido, partirle la cara a la niña L'Espinasse... Pero esta me sujetaba con la máscara. Joder, qué apretón... No había manera de remontar... Mis carnes, en sus manos, eran el badajo de la campana... Y ahora, mi cabeza... *Bum* en el fondo de los ojos, *bang* contra el oído. Casi remonto... Rojo... sobre... blanco... La muy zorra me había vuelto a ganar.

Bueno. Y ahora os cuento el despertar... Me oía gritar a mí mismo, fijaos...

–¡Chiquitín! ¡Mi chiquitín!... –Cada vez más fuerte.

Eso es lo que había encontrado en el infinito. ¡Volvía de la nada de mierda con un chiquitín! Y sin embargo, yo no tenía ningún chiquitín. En mi puta vida había tenido un chiquitín, nunca mejor dicho. Era como un arrebato de ternura que me pegaba fuerte y que de cerca me asqueaba [oír]. Y luego veo a la vez las flores y el biombo y pego una buena vomitada de bilis amarga en toda la almohada. Me retuerzo. Me arranco el brazo. Eran al menos cuatro, y todos hombres, para retenerme. Vuelvo a vomitar. Y luego a la primera que reconozco de veras es a mi madre, y luego a mi padre, y un poco más lejos a la señorita L'Espinasse. Todo se difumina y ondula como en el fondo de un acuario, luego acaba por fijarse, y oigo a mi madre decirme:

–A ver, Ferdinand, cálmate un poquito, hijo...

Lloraba un poco, pero enseguida me di cuenta de que se sentía humillada por verme en un estado tan inconveniente. Aun así, en pleno delirio me doy cuenta de todo, mi padre también estaba ahí, un poco apartado. Se había puesto la corbata blanca y su mejor traje para venir.

–Le hemos arreglado muy bien el brazo, Ferdinand –me dice entonces L'Espinasse–, el doctor Méconille está muy satisfecho con la operación.

–Oh, le estamos muy agradecidos, señorita –casi la interrumpe mi madre–. Le aseguro que mi hijo le mostrará una gran gratitud, y a usted también, señorita, por cuidarlo con tanta abnegación.

De hecho, habían traído regalos de París, que habían cogido de su tienda, otro sacrificio más. Teníamos que demostrar nuestro reconocimiento enseguida. Mi madre, a los pies de la cama, seguía horrorizada por mi vomitona, por mis insultos, mis porquerías, y mi padre, como siempre, me encontraba indecente.

Si habían avisado a mis padres, eso quería decir que mis papeles militares habían aparecido en algún bolsillo. La idea se me clavaba como un témpano de hielo en medio del cerebro.

La cosa no tenía ninguna gracia. Se quedaron dos o tres horas sentados mirándome regresar. Yo no tenía ninguna prisa por escucharlos y entender la situación. Luego mi madre se puso a hablarme. Era su privilegio de ternura. No le contesté. Me asqueaba cada vez más. Le habría dado una tunda. Tenía mil razones para hacerlo, no todas muy claras, pero todas bien llenas de odio. Tenía la panza a reventar de razones. Él no hablaba mucho. Parecía desconfiar. Ponía su cara de tonto habitual. Estábamos en la guerra de la que siempre había hablado, en plena guerra.

Habían venido expresamente de París para verme. Seguramente habían pedido una autorización al comisario de Saint-Gaille. Enseguida hablaron de la tienda, de las muchas preocupaciones que tenían, de lo mal que iban los negocios. Yo no los oía muy bien por culpa del jaleo del oído, pero oía suficiente. Y lo que oía no me llevaba a la indulgencia. Volví a mirarlos. Un par de desgraciados a los pies de mi cama, sí, pero también eran unos pardillos.

–Mierda –les dije por fin–, no tengo nada que deciros. Largaos...

–Pero, Ferdinand, no nos des este disgusto –respondió mi madre–. ¡A ver, tendrías que estar contento! ¡Ya has salido de la guerra! Tú por lo menos estás herido, pero pronto estarás mejor, tienes buena salud. La guerra se acabará. Encontrarás una buena colocación. Ahora tienes que ser razonable, seguro que vivirás muchos años. Tu salud, en el fondo, es excelente, tus padres están sanos. Ya sabes que nosotros nunca hemos cometido excesos de ningún tipo... En casa siempre te hemos cuidado bien... Aquí estas señoras se portan muy bien contigo... Hemos visto a tu médico cuando hemos subido... Habla de ti con mucha simpatía...

Yo seguía callado. Nunca he visto u oído nada más asqueroso que mi padre y mi madre. Me hice el dormido. Se fueron lloriqueando hacia la estación.

–El pobre delira –les consolaba L'Espinasse al acompañarlos.

Los oía en el pasillo.

Tenía que ocurrir, tarde o temprano. Una desgracia nunca llega sola. Apenas una hora más tarde me anuncian a la señora Onime, la cantinera, en persona. También se sienta a los pies de la cama, murmurando. Hago como que deliro. Me lleva un sombrerito con pájaro, velo, boa y abrigo de pieles. Un lujo. Y un pañuelo para la tristeza, pero me fijé bien en sus ojos. Ya me la conocía. Se pone a hacerme preguntas. No se refiere directamente al drama. De entrada, me pregunto cómo podría pillarlo. Yo ya lo había olvidado, pero me hizo volver a pensar. Nuestra expedición y la manera en que acabó eran inexplicables. Son cosas que se sienten. Y esa pájara de Onime no podía sentirlas.

–Murió –le digo simplemente–. ¡Murió como un valiente, eso es todo!

Entonces se derrumba de rodillas.

–¡Ay, Ferdinand! –dice–. ¡Ay, Ferdinand!

Se ha levantado medio tambaleándose y se ha vuelto a tirar de rodillas. Ha sollozado con toda la cara metida entre mis mantas. Un estilo del que no me fío. Y bien que he hecho. Y otra vez que se echa a llorar. La señorita L'Espinasse no andaba lejos, seguramente escuchando detrás del biombo. Aparece muy disgustada.

–El doctor ha prohibido que se fatigue a los heridos, señora. La visita se ha terminado...

Entonces la señora Onime se ha levantado de golpe, muy ofendida, muy seca.

–Ferdinand –dice muy alto, para que se la oiga–, ahora no se le habrá olvidado que al marcharse del cuartel me dejó una cuenta de trescientos veintidós francos, ¿verdad? ¿Cuándo piensa pagármela?

–No lo sé, señora... Aquí no cobro nada...

–¡Ah, aquí no cobra nada! Pues tendré que volver a escribir a sus padres. Aun así, me parecía que me había dado palabra de honor de que no volvería a contraer más deudas en la cantina...

Eso lo decía para rebajarme a ojos de la L'Espinasse. Incluso añade:

–Me ha parecido ver a sus padres viniendo hacia aquí. Quizá los encuentre en la estación.

Y ya la tenemos largándose a toda pastilla por la escalera... Cuento hasta cien, hasta doscientos... Apenas un cuarto de hora más tarde vuelve mi padre..., sin aliento, trastornado.

–¡Ferdinand, cómo es que no nos habías dicho nada! ¡Otra calamidad que nos cae encima...! ¡La cantinera nos reclama una deuda en el mismísimo andén de la estación! Una deuda que tienes con ella desde que te fuiste del campamento. ¡Nosotros, que durante toda una vida de pérdidas te hemos criado al precio de tantas privaciones, y tú lo sabes mejor que nadie! ¡No nos traes más que vergüenzas! Trescientos francos..., en los tiempos que corren tendremos que pedirlos prestados, y qué sé yo, privarnos hasta del pan, tu madre que empeñe otra vez los pendientes. He previsto saldar tu deuda de aquí a ocho días, ¡yo soy un hombre de honor! ¿Te das cuenta, Ferdinand, de que estamos en guerra? ¿Lo sabías? Nuestros negocios se han ido a la ruina, ya sabes lo mucho que nos cuesta... ¡Ni siquiera sé si voy a conservar mi puesto en La Coccinelle!

Estaba a punto de echarse a llorar... Pero L'Espinasse intervino otra vez, y le pidió que fuera indulgente conmigo. Se marchó pidiendo perdón, farfullando. Debieron de encontrarse todos en la estación. Se hizo de noche.

Serían como las once de aquella misma noche cuando L'Espinasse se las arregló para avisarme de que, al día siguiente, me trasladarían a la sala común con los demás por la llegada de otros heridos. Ayer ya estaba mucho mejor, y blablablá, pero ella pensaba que necesitaba un nuevo sondaje. No era momento para protestar ni hacerme el rebelde. Yo ya me conocía la diversión: L'Espinasse cogía la sonda más grande de todas. Raspaba de lo lindo. Me lo hacía ella sola. Si me negaba, mi instinto me decía que entonces estaría bien jodido. Sospechaba que algo se estaba tramando. El asunto duraba diez minutos. Yo lloraba de verdad, y no precisamente por mis sentimientos.

Bueno. Al día siguiente me trasladan a la sala Saint-Gonzef. Me toca una cama entre Bébert y el zuavo Oscar. De este último no hablo porque durante las tres semanas que estuvo a mi lado no paró de hacer sus necesidades por la sonda. No hablaba de otra cosa. De la disentería que lo tenía del revés y de una herida en el intestino. Su panza parecía un caldero de hacer mermelada. Cuando fermentaba demasiado, se desbordaba por la sonda y llegaba hasta el suelo. Entonces decía qué bien sienta. Nos sonreía a todos. Una sonrisita. Qué bien sienta, repetía en plena faena. Acabó muriéndose con una sonrisita.

Pero Bébert, a mi derecha, era harina de otro costal. De París, como yo, pero él del barrio 70, del bastión Porte Brancion. Enseguida me abrió horizontes. Cuando le conté mi vida, le pareció difícil.

–Yo he escogido –me dijo–. Solo tengo diecinueve años y medio pero estoy casado, he escogido.

En ese momento no lo entendí, pero me fascinó. Yo creía saber nadar un poco, pero Bébert era superior. Tenía una herida en un pie, exactamente en el dedo gordo izquierdo, una buena bala. Había visto a las claras el juego de L'Espinasse, y eso no era todo.

–Lo que te voy a contar de esa tía no te lo puedes ni imaginar.

Bébert me devolvía las ganas de ser curioso. Era buena señal. De todos modos, desde que Méconille me había operado, lo del brazo era soportable. Me la meneaba con la mano izquierda, estaba aprendiendo.

Pero en cuanto me levantaba, me tambaleaba sobre

los talones como un bolo. Tenía que sentarme cada veinte pasos. En cuanto al abejorro que tenía en los oídos, aquello era una feria difícil de imaginar. Era tan fuerte que a veces le preguntaba a Bébert si no lo oía. Aprendí a escuchar sus historias a través de mi propio jaleo, pero entonces él tenía que hablar más alto, todavía más alto. Acabábamos por morirnos de risa.

–Tienes veinticuatro años –me decía–, y estás más sordo que el tío de mi Angèle, un viejo jubilado de la marina.

Angèle era su familia, su mujer, y además legítima, solo hablaba de ella. Tenía dieciocho años.

De los otros tipos de la sala, los había para todos los gustos, con heridas en todas las superficies y profundidades, la mayor parte reservistas, pero en su conjunto unos imbéciles. Muchos no hacían otra cosa que entrar y salir, por cielo y tierra. Al menos uno de cada tres agonizaba. Seríamos como unos veinticinco en total en la sala Saint-Gonzef. Por la noche, a eso de las diez, yo veía al menos un centenar, entonces me daba la vuelta en mi camastro e intentaba cerrar el pico para no despertar a los demás. Me sacudían unos delirios brutales. Al día siguiente le preguntaba a Bébert si no había visto alguna vez a la niña L'Espinasse acercarse a mi camastro para meneármela en cuanto empezaba a delirar. No, me decía. Era prudente. Pero aun así, yo estaba seguro de que no todo eran imaginaciones mías. Así pues, el tiempo pasa. Me pongo en los mejores términos posibles con la L'Espinasse. Me mantengo. Sus dientes verduzcos no me daban miedo al principio, y además tenía unos brazos magníficos, hay que decirlo, bien rollizos. Los muslos también serán bonitos, me decía. Le daría por el culo. Me forzaba a excitarme. Llegó un momento en que deliré menos, incluso por la noche. Ella aprovechaba que el gas estaba al mínimo para venir a decirme buenas noches a mí solo. Me lo decía muy tiernamente... Me pasaba la mano por debajo de las pelotas, yo ya me lo esperaba. La cosa se ponía poética, sentimental. Incluso Bébert se dio cuenta.

–Si quieres, cuando se incline, se la metes hasta el fondo, a la señorona, pero ándate con ojo, te lo advierto; si nos traen a un amputado al cuchitril, el viento cambia y te sacan de aquí en un periquete. Yo no digo nada, pero estás avisado...

Bébert era un espabilado de primera... Bueno. Pasaron dos semanas más. No salíamos, no sabíamos qué pasaba fuera, pero seguro que habíamos retrocedido, el frente se acercaba. Es decir, que desde donde estábamos en cama, en aquel cuartucho de un patio, podíamos oír los cañonazos cada vez más cerca. Y luego estaban los aviones enemigos, que pasaban cada día, nada grave a decir verdad, apenas tres bombas. Las señoras se encerraban temblando en los retretes, con la voz alterada. Las señoras tienen su valentía especial. Méconille en esos momentos simplemente se escabullía por las escaleras. Luego regresaba...

–Me parece que vienen cada vez más a menudo –observaba.

Aquello le incomodaba.

De mi padre, unas cartas perfectamente escritas en estilo perfecto. Me exhortaba a la paciencia, me predecía la paz inminente, me hablaba de sus dificultades, de la tienda en el pasaje de las Bérésinas, de las inexplicables maldades de los vecinos, de los trabajos suplementarios que hacía en La Coccinelle para reemplazar a los combatientes.

«Le hemos pagado a tu cantinera, no vuelvas a empezar, allá donde te encuentras ahora, las deudas conducen inevitablemente a la deshonra.»

Sin embargo, me felicitaba extensamente por mi valentía. Me sorprendía mucho con aquello de la valentía. Él no sabía lo que era eso, y yo tampoco. En una palabra, me preocupaba. Ya podía estar yo pudriéndome en aquel agujero inmundo que, aun así, las cartas de mi padre mantenían mi atención, en el fondo, por su tono. Si supiéramos que nos quedan diez minutos de vida, buscaríamos algo de la emoción tierna de antaño. En las cartas de mi padre estaba muerta toda mi puta juventud. No echaba de menos nada, no había sido más que estiércol apestoso, ansioso, un horror, pero lo que estaba en aquellas cartas censuradas por el ejército, escrito con frases equilibradas y bien construidas, era mi pasado de niño malcriado.

En mi situación, y si la cosa iba de morirse, me hubiera gustado hacerlo con una música más mía, más viva. Lo más cruel de toda aquella porquería era que no me gustaba la música de las frases de mi padre. De estar muerto, creo que me levantaría para vomitarle encima de sus frases. Uno no cambia. Estirar la pata no es difícil, lo que te agota la poesía es todo lo que lo precede, toda la charcutería, el chismorreo, las torturaciones que preceden el gemido final. Se trata de ser o muy breve o muy rico. Cuando la L'Espinasse venía a manosearme por las noches, dos veces estuve a punto de echarme a llorar en sus brazos. Me contuve. La culpa era de mi padre, por sus cartas. De entrada, puedo presumir, cuando estoy solo soy más bien valiente.

Sin duda les interesará conocer la ciudad de Peurdu-sur-la-Lys. Pasaron todavía unas buenas tres semanas antes de que me levantara y me dejaran salir a la calle. Si hablamos de inquietud, también estaba bien servido. No le decía nada a Bébert. Me parecía que él también tenía su ración de inquietud. Mi única protección, en el fondo, era

L'Espinasse. El Méconille no pintaba nada, la rica era ella, y mantenía el hospital de campaña.

El cura pasaba todos los días, otro que rondaba la carne humana, pero no era difícil de contentar. Con una confesión de vez en cuando se quedaba más que satisfecho. Se corría de gusto. Me confesé. Por supuesto, no le dije nada, meras insignificancias. Tan idiota no era. Bébert también se confesó.

Méconille, en cambio, era de un género más vicioso: insistía en sacarme la bala. Cada mañana me miraba dentro de la boca y la oreja con unas ópticas de todos los tamaños que le hacían bizquear.

–Hay que atreverse a quitar eso, Ferdinand... De lo contrario, perderá el oído... y tal vez también la cabeza...

Se trataba de hacer un poco el idiota, de resistir sin ofenderlo demasiado.

Bébert, cuando me veía debatirme con Méconille, se desternillaba. L'Espinasse, la tía, me animaba disimuladamente a resistirme, pero no demasiado. Parecía que se mojara toda al verme resistir ante el Méconille. Por las noches pasaba, como si nada, a pegarme un buen calentón en la pija. En el fondo, era mi única protección, y aun así, como decía Bébert, mejor que no contara demasiado con ella. ¡Anda ya! L'Espinasse estaba tan bien conectada con los jefazos del estado mayor que, al parecer, podía recomendar que me dieran seis meses de convalecencia, y nunca le decían que no.

Pero la serie no estaba completa. Una mañana veo entrar en la sala a un general con cuatro galones, precedido precisamente por L'Espinasse. Por la cara que me traen los dos, me huelo una desgracia que se me echa encima.

Ferdinand, me digo, aquí tienes al enemigo, el de verdad de la buena, el enemigo de tu carne y de tu todo..., mira qué cara que tiene, si te equivocas con él no se equivoca él contigo, estés donde estés, me digo para mí. Me siento separado del mundo. Ahora mismo, lo único que me habla y no se equivoca es el instinto. Ya me pueden venir a mí con cancioncitas, con ferias, con nata, con ópera, con gaitas, hasta con un coño satinado por los mismísimos ángeles del paraíso.

Tengo una inteligencia firme y cuando me cierro no me sacan nada, ni el Mont Blanc sobre ruedas podría moverme. El instinto es infalible contra la espantosidad de los hombres. Se acabó la broma. Cuento mis balas. Hasta aquí hemos llegado. El tipo, pues, se acerca a mi cama. Se sienta y abre una cartera atiborrada. Bébert estaba muy pendiente de ver cómo iba a defenderme. L'Espinasse me lo presenta.

–El comandante[1] Récumel, ponente en el consejo de guerra del 92.º cuerpo del ejército, ha venido a investigar las circunstancias en las que usted cayó con su convoy, Ferdinand. Fue una trampa, ¿verdad, Ferdinand? Como ya nos ha contado... Unos espías los acosaron por el camino y por...

Me estaba echando un cable, la tía. Me blindaba, como suele decirse. Récumel tenía muy mala pinta. Por fuerza yo ya había conocido jetas de oficiales que ni siquiera una rata se atrevería a morder, pero el comandante Récumel superaba mi experiencia en materia de repulsiones. Para empezar, no tenía mejillas. Solo tenía agujeros por todas partes, como un muerto, y un poco de piel amarilla y peluda por encima, que se transparentaba. Por de-

1. Más arriba presentado como general, pero los cuatro galones, en la época, correspondían a los «comandantes» (jefes de escuadrón o de batallón).

bajo del vacío no había otra cosa que maldad. Al fondo del vacío de las órbitas, unos ojos que te hacían olvidar el resto. Unos ojos ávidos, de un negro intenso. Tampoco tenía pelo, solo luz blanca en su lugar. Al verlo, antes de que abriera la boca, me repetí: Ferdinand, no puedes aspirar a más. No encontrarás un canalla más espantoso en todo el ejército francés, un tío raro, como encuentre la manera te fusilan mañana mismo al amanecer.

Menudas preguntas me hizo. Lo llevaba todo escrito, pero enseguida me di cuenta de que no tenía ni idea de qué hablaba, cosa que me dio mucha esperanza. Todo era una invención. De haber sido más instruido, lo habría engañado como a un chino en aquel mismo instante. Las pasó moradas. Me daba cuenta de que decía tonterías, pero me faltaba instrucción para tomarle el pelo. Mis compañeros se hubieran partido de risa. No comprendía nada de lo que había pasado con Le Drellière y el convoy. Aparentaba saberlo. Ahí era cuando parecía imbécil del todo. Ese tipo de cosas no se imaginan, sobre todo cuando se tiene mal corazón. Es algo que se siente y punto. Nada que explicar, pues. Dejé hablar a la niña L'Espinasse, que también sabía hablar como mi padre, para no decir nada. El oficial no se atrevía a interrumpirla. Por lo visto, tenía autoridad por todas partes, era poderosa, le hubiese besado los dientes. Pero aun así, aquel enterrador quería arrancarme el pellejo. Insistía. Se agitaba sobre la sillita de hierro, y movía tanto el culo que hacía un ruido de castañuelas. Pero iba tan mal encaminado en sus insinuaciones que era tronchante, casi penoso. Un poco más y lo ayudo. Su torpeza me incomodaba. No había entendido nada de nada de la guerra de movimientos y de la caballería [independiente]. Era como para mandarlo al frente a que lo molieran a palos, primero con los dragones. Así, al volver a lo mejor sabría algo, habría adquirido un poco de cultura, habría tomado ejemplo. En la vida todo es cuestión de pillar el tono, incluso para un asesino.

–Ya veo, brigadier, que no recuerda gran cosa de las órdenes precisas que le fueron transmitidas, ni siquiera uno solo de los mensajes volantes que le debieron de ser enviados. He contado hasta once despachos desde el momento en que dejaron la estación de... hasta el momento en que los acontecimientos se precipitan de modo inexplicable, es decir, cuatro días más tarde, cuando su convoy resulta completamente aniquilado por los obuses enemigos y se ve obligado a ir más allá de la granja, exactamente a setecientos metros del río..., a continuación del último viraje y de numerosas variaciones sobre el itinerario previsto por sus superiores que quedan vivos, por todos esos cambios, absolutamente inexplicables y, para ser sincero, sorprendentes, porque en ese momento usted se encontraba a cuarenta kilómetros de la carretera principal. Haga un esfuerzo, brigadier, una vez más, puesto que ahora mismo es usted el único superviviente de esa grotesca epopeya... El único superviviente un poco lúcido, en realidad, porque el soldado Krumenoy del segundo escuadrón de caballería, que hemos encontrado cerca del hospital de Montluc, no ha recobrado el habla desde hace dos meses.

Decidí no tener más habla que Krumenoy. Me callé. No teníamos nada en común. Para empezar, hablaba un poco elegante, como mi padre. Con eso bastaba. Bébert se partía muy bajito en su piltra. El inquisidor se giró y le dirigió una mirada severa, algo que, por cierto, no le traería suerte. Ya lo contaré... Yo me preguntaba para mis adentros ¿de qué querrán inculparme, a fin de cuentas? ¿De deserción ante el enemigo? ¿De abandono de posición? De algo sustancioso...

–De acuerdo –dijo para terminar–, haré mi informe. –Y se levantó.

No volví a ver al tipo, pero a menudo pensaba en él. Tenía un oficio bien raro. La niña L'Espinasse era mi salvación. Menuda potra tienes, me decían los compañeros, pero en el fondo todos esos tipos de las piltras vecinas sentían celos, por muy moribundos, lloricas y sanguinolentos que estuvieran. Ferdinand, si el comandante se olvida de ti, tendrás que pirarte. Búscate una coartada, tu suerte provoca celos...

Yo ya veía a las claras que el brigadier moro, al que le faltaba un ojo, tenía tantas ganas de cepillarse a la señorona que empezaba a ser imprudente.

Pasan dos semanas más. Puedo levantarme. Solo oía de un lado, del otro era como estar en una fragua, pero daba igual, quería salir. Bébert también quería salir. ¡Ya somos dos a pedirle permiso a L'Espinasse! Aquella misma noche volvió otra vez a mi camastro la L'Espinasse, con el gas al mínimo, qué más quieres. Me pegó una buena regañina. Era un asunto de vida o muerte. Tuve narices. Ahora o nunca. Le pillo la boca, los dos labios, con la punta de la lengua le lamo los dientes, entre los dientes, las encías. La excité. Estaba contenta.

–Ferdinand –murmuraba–, Ferdinand, ¿me quiere un poquito...?

Había que hablar en voz baja, los demás solo fingían roncar. Se la estaban meneando. *Bum bum* en el exterior, a través de la noche, había un cañón continuo a unos veinte kilómetros, tal vez más cerca. Para cambiar, le besé los brazos. Me metí dos de sus dedos en la boca, yo mismo le cogí la otra mano y me la puse en el pajarote. Yo quería que aquella zorra me tuviera cariño. Volví a lamerle toda la boca. Le hubiera metido la lengua en el ojete, le hubiera hecho cualquier cosa, qué sé yo, beberme su regla, todo para joder a aquel tipo del consejo de guerra. Pero a aquella monada no se la engañaba fácilmente.

–Hace poco tuvo miedo, ¿verdad, Ferdinand?... Del comandante... Las explicaciones que le ha dado no eran muy creíbles...

Yo no decía ni pío. Balbuceé para mantener la compostura. Le gustaba que tuviera miedo. Estaba gozando, la muy perra. Se agitaba contra mi camastro. Tenía un poderoso culazo de flamenca. Gozaba de tal manera que parecía que me hubiera hecho entrar dentro todo entero, allí de rodillas, como si rezara.

–Mañana por la mañana, Ferdinand, irá usted a misa primera y le dará gracias a Dios por la protección que le dispensa y por la mejoría de su estado. Buenas noches.

Se acabó. Se corrió y se fue. Los otros tarados se partían el pecho. Como sensación, aquello era como tirar al blanco. Doce balas. Dos balas. Cero balas... Diana...

Al día siguiente estuve a la espera. Del consejo de guerra no llegó nada. Con mucho disimulo intenté sonsacar a los heridos que podían tener recuerdos de campaña.

–¿Tú has visto fusilar a alguien? –le pregunto al artillero, precisamente uno que tenía una esquirla en el pulmón y otra que le había cortado la punta de la lengua.

–Buedo, vi udo en el padedón en Sisonne que hubo que dispadadle dre vese. Do e dibetido...

La cosa no mejoraba.

–Pod suedte ud ayudadte –añadió–, de pegó tre tido ma en la cabesa.

Con eso ya podía hacerme yo una idea. Me preguntaba si me llevarían a Romanches para fusilarme o si me lo harían en el mismo Peurdu. Puede pasar de todo.

Por fuerza pasaba la noche entre mis zumbidos, la fiebre y la perspectiva. Un poco más y hubiera ido a buscar a L'Espinasse..., pero qué coño, había dicho que no perdería la partida, no quería perderla. Dos días más, tres noches más. Seguíamos sin noticias del consejo de guerra. A mi juicio, seguían hablando de la caja del regimiento que también se había echado a perder, desaparecida en la aventura, eso era lo más grave con que podían pillarme aquella panda de cerdos. Aun estando en plena subida de fiebre, por las noches, ya me espabilaría para prepararles respuestas bien idiotas. Todavía nada. Acechaba la llegada de cada nuevo día, la luz gris del Norte en las ventanas bien limpias, sobre los tejados flamencos, puntiagudos, relucientes por la lluvia. Vi todas esas cosas, vi cómo volvía la vida.

Entre el enterrador y Méconille, que se preguntaba si no iría a perderme antes de encontrar la bala, el capellán que venía dos veces al día a prometerme la eternidad y los brutales zumbidos que me hacían temblar todo el pecho, era una vida maravillosa, una vida de tortura, un tormento que solo se terminaba con el sueño o casi. Jamás, ya lo daba por hecho, conocería la vida como la conocen los demás, la vida de todos los idiotas que creen que el sueño y el silencio van juntos. Volví a ver a la enfermera de servicio abrir la puerta a las seis, tres, cuatro veces, y luego, sin previo aviso, una mañana trajeron del tren a un moro con la pierna machacada por un obús justo por debajo de la rodilla.

–Ojo con tu niña –me previno Bébert–, te vas a divertir.

De hecho, desde el momento en que el moro entró en la sala Saint-Gonzef, L'Espinasse apenas volvió a mirarme. Había que ver cómo se afanaba en torno a su cama, parecía que cambiara un juguete roto por uno nuevo. Enseguida sondó al moro con la sonda más grande, aquella que yo conocía tan bien. El moro gemía detrás del biombo. Nos tomaban el pelo. A la mañana siguiente el médico ya lo estaba operando, una amputación de las buenas. Ahora te sondo. Yo me sentía, por así decirlo [muy celoso]. Bébert se burlaba de mí. Y te vuelvo a sondar. El moro estaba en las últimas. Lo pusieron detrás de un biombo. Bébert entonces me contó algo más. Yo prefería no creérmelo, y sin embargo estaba curtido. Bébert no pierde el tiempo, me digo. Así que me levanto para comprobarlo. Méconille no se enteraba de nada. Los únicos éramos Bébert y yo. Los demás no nos seguían. El árabe no se demoró mucho detrás del biombo, dos días después estaba tan mal que lo bajaron al lazareto.

Seguro que se la menearon al menos diez veces el último día, y además con muchas sondas, la propia directora detrás del biombo. En definitiva, ahora estaba muerto, podían llevárselo abajo. Con todo lo que yo sabía habría podido montar un escándalo, pero eso no hubiera sido nada bueno para mi menda. Puesto que ahora me levantaba y podía ir hasta el fondo del cuartucho, decidí echarle narices. Miré a la niña L'Espinasse a los ojos.

–¿Podría salir a la ciudad hoy después de comer? –le pregunté.

–¡Ni se le ocurra, Ferdinand, si apenas se tiene en pie!

–No pasa nada, si pierdo el equilibrio, Bébert me sostendrá.

Era un descaro por mi parte. Sobre todo porque con el asunto del consejo de guerra no tendría que salir de ningún modo. Podían venir a prenderme en cualquier momento.

Las salidas en aquel hospital de campaña eran excepcionales, solo favores. Pero no había que arrugarse.

Dije lo que dije...

–Quiero salir cinco horas.

La niña me miró de arriba abajo, dejó los labios un momento en suspenso sobre los dientes. Me dije ahora me muerde. En absoluto.

–De acuerdo, Ferdinand, puede salir, pero con Bébert y sin ir por la calle principal, si se encuentran con la guardia de la Plaza,[1] a mí me amonestarán y ustedes irán directos a prisión, se lo advierto.

Ni siquiera le di las gracias.

–Bébert, a las dos nos largamos, pero los demás no han de sospechar que nos vamos de picos pardos. En el cuartucho diremos que vamos a visitar a un especialista y tú me llevas del brazo.

–¡De primera! –ha dicho, y hemos gritado que era un especialista especial que había venido solo por mí y que íbamos a pasar visita a la otra punta de la guarnición.

Aun así, los heridos son rastreros. [Se lo creyeron, mientras esperaban la ensalada.] La cosa funciona. Hacia las dos, salimos a la calle. Era un callejón estrecho. Pero el viento fresco nos hace mucho bien.

–El invierno se acaba, Bébert –le digo–. ¡Dentro de poco, la esperanza! Cuando llegue la primavera, la chola me va a zumbar como nunca. Ya te avisaré.

Bébert también se mostraba desconfiado. Más nos valía no toparnos con ningún oficial. Sus pantuflas no hacían ruido. Íbamos de una puerta a otra, poniéndonos a cubierto un momentito. Mirábamos los jardines, los árboles que asomaban sobre los muretes de ladrillo. En el cielo había cañonazos hinchados, y nubes también hinchadas, pálidas y rosadas. La soldadesca que nos cruzábamos llevaba uniformes diferentes de los nuestros, de un solo color y

1. La administración de la guarnición.

sin tanta pompa. La moda había cambiado desde que habíamos entrado en el Virginal Secours. El tiempo vuela. El aire puro me daba unos pequeños vértigos, pero con Bébert como sostén conseguía avanzar. Pisar los adoquines me devolvía las putas ganas de salir de pendoneo. No estaba muerto. Me acordaba de la época en que buscaba clientes para la tien[da] a lo largo del bulevar, con mis muestras de cinceladuras, y que había acabado tan mal. No me convenía mucho invocar los recuerdos, me arruinaba el día. Era increíble, no tenía muchos que fueran divertidos.

Peurdu-sur-la-Lys se presentaba de manera agotadora. Al menos para nosotros. La plaza del centro estaba rodeada de casitas acabadas con muchos detalles en piedra, como si fuera un auténtico museo. Un mercado de zanahorias, nabos y salazones en medio. Daba mucha vida. Y luego camiones que le metían un tembleque a todo: casas, mercados, mujeres y soldados de todas las armas detrás de los cañones, las manos en los bolsillos, bajo las arcadas, graznando en grupitos en las esquinas, de amarillo y de verde, moritos, hasta indios, soldados de infantería, todo un parque de automóviles... Todo giraba temblando [*dos palabras ilegibles*] como en un circo. Era el corazón de la ciudad, de donde partían en todas direcciones los obuses, las zanahorias y los hombres.

Otros regresaban, machacados, desfilando de mala gana y dejando un reguero de barro [regimiento de dragones] que atravesaba la plaza colorida. Era un espectáculo que a Bébert y a mí nos gustaba. Fuimos a ponernos a cubierto en un tabernucho, miramos por la ventana, nos instruimos un poco.

Bébert no tenía muy buen aspecto. A primera vista no inspiraba confianza, y sin embargo era un chico que tenía su fondo.

Para empezar, pagaba él. Tenía dinero.

–Mi mujer se espabila –me anunció–, es muy trabajadora y a mí no me gusta privarme...

Lo entendí. Tan idiota no soy.

La plaza mayor, en definitiva, toda la ciudad pasaba por allí.

–Estoy seguro –le digo a Bébert– de que si nos quedamos el tiempo suficiente veremos pasar al comandante Récumel...

–Olvídate –me dice–, mejor mira a esa camarerita...

Es cierto que tenía un buen corpiño..., pero ya llevaba dos guripas del ejército colonial que le aguantaban las tetas, uno cada una.

–Está pillada –le contesto.

–Ya verás mi Angèle, es el doble de guapa. Esta es un desecho de retrete –grita muy fuerte para que ella lo oiga–. No la querría ni para que me abrillantara la minga.

Y para demostrármelo le pega un buen escupitajo en los zapatos a la criadita. Entonces ella va y se gira en dirección a Bébert, que continúa mirándola con asco de arriba abajo. La criadita le sonríe, deja plantados a los dos sargentos y se le acerca haciendo mohínes tímidos y cautivados.

–Ve con cuidado, mujerzuela, me vas a hacer daño en el pie. Tráeme dos *picons* y escampa. Bueno, igual la podría tener de refuerzo, a esa basura, pero primero tengo que ver a Angèle...

Luego se enfurruñó detrás del visillo desde el que mirábamos la plaza mayor y ni siquiera volvió a mirar a la camarera, como si no existiera. Aun así, ella intentaba que volviera a escupirle, al menos lo parecía. A él ya no le apetecía. Estaba pensando.

Lo dejé pensar. Yo también meditaba un poco. Intentaba ponerme a la altura.

–¿Te has fijado? –me dice pasado un rato–, ¡está lleno de ingleses!... Voy a escribir a Angèle... Ahora que puedo salir me las voy a apañar... Basta con que el pie me supure dos meses más, con Angèle te vas a partir de risa, Ferdinand. Hasta podrás mandarles giros a tus viejos... Te voy a pasar a la camarerita... Te la adiestraré... Es lo mejor que puedo hacer... Ya me buscaré otra de refuerzo... En las tías como L'Espinasse yo no creo mucho... Son traidoras. Sádicas, todo lo que quieras, pero un día eso se te vuelve en contra, no puedes seguirlas, mientras que con Angèle conozco bien mi negocio. Ya verás el dinero que da... Es como un perro de caza... ¿Has visto alguna cacería, tú, alguna vez?

Sí, había visto cacerías, pero prefería no hablar de ello. En definitiva, que nos distrajimos mucho. A Bébert el *picon* se le subía a la cabeza. Disparataba un poco, presumía. Era su debilidad. Se tomó dos y luego un tercero. La camarerita no quiso que pagara las otras dos rondas. Corrían de su cuenta.

–No me pises, zorra –le respondió a modo de agradecimiento.

Y le pellizcó el culo, pero en serio, por debajo de la falda, ella hacía muecas. La pellizcó tanto tiempo que se puso pálida. Nos levantamos y nos fuimos.

–No te gires –me dijo Bébert.

Yo comenzaba a aguantarme de pie sin problemas. En el café había civiles, no solo militares, y mucha bofia de paisano sin duda. Comerciantes de todo tipo, campesinos, granaderos belgas y marinos británicos. Una enorme pianola que aporreaba la música con su metralleta de címbalos. Junto al eco de los cañonazos resultaba chocante. Fue así como escuché *Tipperary* por primera vez. Ya casi era de noche. Había que regresar pegados a las casas. Pero no demasiado rápido, porque no podíamos ni el uno ni el otro.

–Si consigo supurar al menos durante dos meses más, Ferdinand –continuaba Bébert–, al menos dos meses, solo con Angèle, óyeme bien, solo con ella me hago rico...

Ya lo habíamos acordado. Nadie tenía que vernos. En principio, ya no debía quedar nadie por las calles. Mientras estábamos escondidos pasó una ronda de guindillas, luego un escuadrón de gendarmes y después unos tipos de la policía inglesa, con su brazalete y la cachiporra. Tuvimos la suerte de toparnos con un destacamento de ingenieros, sin ellos creo que hubiese sido nuestro fin. Unos pontoneros con sus barcas giradas sobre carretones. Un auténtico follón de cadenas, chatarra rodante y cacerolas. Nos camuflamos entre todos esos bártulos, éramos dos instrumentos más. Y ya nos tienes cojeando a los dos, en medio de aquella multitud que, por fortuna, se dirigía hacia nuestra calle. Justo en la esquina nos separamos. Damos tres bandazos y llegamos a la esquina de la puerta trasera del Virginal Secours, la que daba al lazareto del sótano. No me hacía mucha gracia pasar por allí.

–No pasa nada, entremos por separado –propone Bébert–. Yo paso por el jardín, con mi pie no puedo bajar los escalones. Tú pasa por abajo.

Abro el portillo. No hago ruido. Empujo con mucho cuidado. Aun así, chirría un poco. Me quedo un momento quieto, con la mirada fija en la oscuridad. Todavía había otra puerta un poco más adelante, una raya de luz debajo. Me acerco. Siempre con cuidado de que no me oigan. Por culpa de mis zumbidos, nunca sé cuánto ruido hago al caminar, cuánto no hago. Pese a ello, me acerco. Reconozco el ruido de un clavo que gime en un tablón, una madera que cruje un poco, la están forzando... Me digo que ahí dentro estarán cerrando un ataúd. Seguramente el del moro. Mañana será el entierro. No lo demoran mucho.

Sin duda tenían ganas de sacárselo de encima, con aquella gangrena que apestaba a través del ácido fénico. Había otros dos en las camillas del lazareto que se esperarían, no olían mucho. Desde donde estaba, detrás de la puerta, oía los murmullos de una persona, y no era la voz del gordo Émilien, el carpintero que todo el mundo conocía bien en la casa, y que por fuerza siempre estaba un poco borracho, y la voz bien ídem. Entonces era una plegaria, y en latín. ¿Sería una monja que había bajado a pasar el rosario?

Me inquieto. Dudo todavía un momento. Si no miro, no veré nada. Por encima del tabique, bastaba con levantarse un poco y dabas de lleno en el cuchitril. Busqué una escalerilla, finalmente me subí sobre unas cajas vacías. Se me debió de oír... Miro. El eco de los cañonazos hace temblar los cristales y resuenan por todo el sótano. Vuelvo a mirar. Mucha sangre fría. Es curioso, no me atrevía a decirlo pero un poco sí lo había sospechado. La voz que me había parecido oír hablar en latín era la de L'Espinasse. Estaba haciendo un gran esfuerzo. Por el modo en que se empeñaba en abrirla parecía que toda su vida estuviera en la caja. Forzaba la junta con un cincel, de ahí el chirrido. Émilien ya había sellado el féretro.

Metía las manos dentro haciéndose daño. A la luz de la vela no podía verle la cara, además llevaba un velo y estaba inclinada sobre la tapa. El olor no le hacía nada. A mí sí. No intento entenderlo del todo, pero de pronto me siento en la intimidad, la auténtica. Voy a aprovecharme. Doy un golpe en el tabique. Ella levanta la cabeza, me descubre a la luz de la vela, a dos metros de ella.

Ahí me da miedo. Retrocedo un poco. Su cara no es una mueca, es algo así como una gran llaga pálida y viscosa, toda temblorosa.

–¡Sangra por la cara –le digo–, sangra, carroña!

La injurié así porque no sabía qué decirle. Y porque era algo que me venía de muy adentro, no era el momento de tener sentido. Tropiezo. Empujo la puerta del trastero.

–¡Sangra, sangra!

Decir aquello era una tontería, pero era lo único que podía decir. Entonces se me tira encima y me besa y me lame como si yo también estuviera muerto, me sujeta con los brazos y se agita contra mí. Después se volvió pesada de repente, se aflojó y cayó al suelo. La sujeté.

Casi se desmaya.

–Aline –le digo–, ¡Aline!

Era su nombre de pila, lo había oído en las salas. Se levantó en la oscuridad, lentamente.

–Voy a subir –le digo.

–Sí, Ferdinand, le veré mañana, hasta mañana. Ya estoy mejor. Es usted muy amable, Ferdinand, lo aprecio mucho...

Salió hacia la calle. Estaba casi como siempre. Pero arriba, el que estaba inquieto era Bébert.

–Pensé que te había pillado la portera –me dice.

Tenía sus dudas. Pero yo no iba a ir por ahí contando la cosa, ni a él ni a nadie más. La gente ha de ser firme para salvarse, y además aquello podía servirme. Y me sirvió.

No tenía mucha fe en los nuevos días. Cada mañana estaba más cansado que la anterior, a fuerza de despertarme veinte o treinta veces, durante la noche, por culpa de los zumbidos. Las fatigas que da la angustia no tienen nombre. Uno sabe muy bien lo que tendría que hacer para volver a ser un hombre como los demás: dormir. También estás demasiado cansado para tener el impulso de matarte. Todo es cansancio. Cascade,[1] él sí que estaba contento por las mañanas, a la hora de los vendajes, aunque su pie no mejoraba. Pronto perdería dos segundas falanges, la caries persistía. Tendría que quedarse quieto, sin caminar, ni siquiera en pantuflas, pero a él también la cosa le valía indulgencias especiales de la señorita L'Espinasse... de las que precisamente no me hablaba nunca. A pesar de todo, tampoco él se fiaba.

1. El herido, llamado con anterioridad Bébert, se convierte aquí en Cascade por primera vez, probablemente porque Céline intercaló nuevas páginas al comienzo de esta secuencia. Pronto le será atribuido un nombre y un verdadero apellido. En numerosas ocasiones vuelve a llamársele Bébert, pero a partir de aquí prevalece el nombre de Cascade.

–Bueno, y tú ¿cómo te llamas, tetona? –le preguntó a la sirviente la segunda vez que nos vimos.

–Amandine Destinée Vandercotte.

–Vaya un nombre bonito –observó Cascade, como si eso le complaciera especialmente–. ¿Hace mucho que sirves aquí?

–Hace dos años.

–Entonces conocerás a todo el mundo. ¿A L'Espinasse también la conoces? ¿A las mujeres también se lo chupas?

–Sí –dijo ella–, ¿y usted?

–¡Te lo diré cuando te haya partido el culo, zorrupia, no antes! ¡Mira tú qué chicas hay por aquí, curiosonas y cobardicas! ¡Y encima preguntonas!

Se hacía el descontento, el ofendido. Exageraba para deslumbrarme. Es cierto que con Amandine Destinée lo tenía fácil, nunca había visto nada tan deslumbrante. Cada día, después de comer, volvíamos al café de la Hipérbole, en la plaza Mayor. Teníamos nuestro sitio fijo, nuestra propia mesa. Lo veíamos todo. A nosotros no nos veía nadie. Nuestras salidas del Virginal Secours despertaban celos. L'Espinasse nos había hecho prometer que les diríamos a los cabrones de nuestro pabellón que salíamos cada día para recibir un tratamiento eléctrico.

–Pues bueno –le dije a la niña L'Espinasse.

Como Bébert, empezaba a coger el tono. Pero aun así guardaba mi secreto. No me fiaba ni de Bébert. Tenía una manera curiosa de trabajar. Nunca hacía ruido. En general hablaba en voz baja, excepto para abroncar a Destinée Amandine, que balbuceaba de placer cuando oía aquellos insultos tan salvajes que ni siquiera conocía, y además el cabrón le pellizcaba el culo con fuerza entre sus idas y venidas al mostrador. Un tipo duro, Bébert. Fuimos al menos ocho días a ocultarnos detrás de los visillos del Hipérbole. Bébert miraba la plaza, el movimiento de tropas, gente, oficiales. Se familiarizó con los uniformes de todos los ejércitos. Amandine Destinée lo ayudaba.

–En la esquina del fondo, en esa especie de castillo, está el estado mayor inglés. Los que llevan una banda roja en el quepis son los más ricos.

Lo sabía por las propinas.

Yo escuchaba [a Cascade] desde el amanecer. Me dio algunas informaciones sobre Angèle, que tenía una cabellera de caoba que le llegaba a las caderas. Podía correrse doce veces seguidas. Era una maravilla. Se encontraba [mal]. Que para chuparla era algo increíble, y que no exageraba...

–¡Ya lo verás!

No estaba obsesionado, Bébert. Todas aquellas cosas no habían hecho mella en su inteligencia. Yo intentaba recuperarme. Buena falta me hacía. La vida es mucho más atroz cuando ya no se te pone dura. Y sin motivos.

–Cuéntame más cosas de Angèle –le decía en voz baja para no despertar a nadie.

Y me contaba cómo la había enculado la primera vez [por detrás], que al principio le hacía daño, que gritó durante una hora.

El zuavo de la izquierda solía amanecer tan pálido que cada mañana pensábamos que se había muerto. Luego empezaba a moverse despacito, y otra vez a gemir, y no se murió hasta al cabo de dos meses...

Yo vigilaba a L'Espinasse para saber a quién se la meneaba ahora, pero había tantos heridos, llegaban vagones llenos varias veces al día, que iba perdido. Peurdu-sur-la-Lys era un lugar muy intenso. Se decía que había al menos cuatro estados mayores y doce hospitales, tres hospitales de campaña, dos consejos de guerra y veinte parques de artillería entre la plaza Mayor y las segundas líneas de defensa. El seminario albergaba a los reservistas de once pueblos de los alrededores. La señorita L'Espinasse también se ocupaba de llevar un poco de consuelo a esos desgraciados, como decía ella.

En un cercado que había detrás del seminario se fusilaba al amanecer. Una salva, la segunda un cuarto de hora después. Más o menos dos veces por semana. Desde la sala Saint-Gonzef yo había aprendido a reconocer la cadencia. Casi siempre era los miércoles y los viernes. Los jueves había mercado, eran otros ruidos. Cascade también lo sabía. Pero no le gustaba mucho hablar de eso. En cambio yo sospechaba que quería acercarse allí. Al menos a ver el sitio. Yo también. La cuestión era apañármelas para ir solo. Porque siempre salíamos juntos. Fue cómico cómo nos sorprendimos el uno al otro. Había que ir a la estación a hacer un recado. Recoger unos medicamentos. Yo supuestamente no podía encargarme, estaba demasiado lejos, pesaban demasiado y además había que ayudarme a menudo para que no me cayera por el camino. Así que Cascade se va él solo. Yo me fijé en su cara, no era la de siempre. Pensaba en algo para sus adentros.

–Yo no voy –le digo.

Cuando se gira para ponerse los zapatos, le birlo el papelín de la consigna, que tenía en el capote, sobre la silla. Se va. Dejo pasar cinco minutos y monto un alboroto.

–¡Se ha dejado el papel! ¡Nunca le darán el paquete!

Y me voy, supuestamente, para alcanzarlo.

Mira, me digo cuando estoy en la calle, es la ocasión de ir a ver cómo es detrás del seminario...

Voy con mucho cuidado de no cruzarme con nadie. Llego a la esquina de aquel callejón sin salida. Al final está la puerta de hierro forjado del cercado. La alcanzo. Me agacho para mirar por el agujero. Veo una especie de jardín cubierto de hierba y un muro al fondo, a unos cien metros, un muro de piedra no muy alto. ¿Dónde los atan? No hay manera de imaginárselo. Bueno, te haces más o menos una idea. Me hubiera gustado ver las marcas de las balas. Hay mucho silencio. Es primavera, cantan los pájaros. Silban como balas. Deben plantar un poste nuevo cada vez. Tengo que ir a la estación. Me voy. Encuentro a Cascade no muy lejos. Habrá ido hacia la estación pero que muy despacio. No nos dijimos nada. Estaba descompuesto. Cada uno es valiente como puede. Le di el papelito.

–Ve a buscar la caja aquella –le dije.

–Ven conmigo –me respondió.

Fui yo quien casi tuvo que sostenerlo hasta la consigna. Luego entendí que había tenido un presentimiento nada más verme. A la vuelta pasamos por el Hipérbole. No dijo nada, ni una palabra a Destinée Amandine, nada. Nos bebimos un litro entero de curasao. Estoy seguro de que Cascade no durmió aquella noche. A la mañana siguiente su cara tenía un aire extraño, como si hubiese comprendido algo. No vayamos a pensar que carecía de sensibilidad, Bébert. La prueba es que sabía estarse horas callado, como si pensara, mirando al frente. Tenía una cara agradable, hasta donde yo pueda juzgar a un hombre, unos rasgos finos y regulares y ojos más bien grandes, de idealista. Pero mientras esperaba su momento de gloria era muy duro con las mujeres, y ellas enseguida se daban cuenta de que tenía razón, que sabía muy bien lo que se hacía. A mí me tomaba por un pobre tipo, muy amable, eso sí, y bastante holgazán y pervertido por los trabajos convencionales. Yo se lo había contado todo, casi todo. Únicamente me reservaba la cosa de la niña L'Espinasse, que era más secreta y que se refería, por así decirlo, a la vida misma.

Mientras tanto, no volvimos a oír hablar del comandante Récumel del consejo de guerra. Solo nos quedaba el cercado donde pasaba aquello y [donde] Cascade había tenido su presentimiento. Seguramente Récumel no había podido recoger pruebas contra mí de aquella aventura. A menudo me parecía que le oía hablarme, pero solo eran palabras de la pizca de delirio que me daba por las tardes, cuando volvía a subirme la fiebre. No decía nada para que no me prohibieran salir. La niña L'Espinasse ya no me la meneaba, solo venía a darme un beso hacia las diez. Parecía que se había calmado un poco. El cura evitaba hablar conmigo. Seguro que sospechaba algo. El cirujano de tres al cuarto Méconille se mostraba más cortés. Bébert notaba todos esos pequeños cambios a nuestro alrededor pero no captaba la artimaña. El caso es que se documentaba sobre las costumbres de la guerra en la ciudad. En el Hipérbole, ya lo he dicho, en la penumbra de ese café, había un ruido de mil demonios, además del piano mecánico. Cuando todo el mundo gritaba a la vez, en el oído se me hacía una especie de silencio. Ruido contra ruido. Solo en momentos como esos tendía a encontrarme mal. El conflicto era sin duda demasiado fuerte en mi cabeza.

–Ven, Ferdinand –me decía entonces Bébert–, te estás poniendo todo blanco. Ven, vamos a pasear por el río, te sentará bien.

Y nos íbamos cojeando hasta el río. Mirábamos el estallido de los obuses en el cielo, muy lejos. La primavera había llegado detrás de los álamos. Volvíamos al Hipérbole a continuar el trabajo de observación de Bébert. Los desfiles de tropas eran un auténtico álbum de imágenes. [*Algunas palabras ilegibles*] sobre todo hacia las ocho de la tarde, para el relevo.

Entonces los regimientos corrían como la lava por la

plaza Mayor, de arriba abajo, de derecha a izquierda. Corrían hacia las arcadas, en torno al recinto del mercado, se enganchaban a los cafés y pasaban por la fuente, bombeaban tinas enteras entre grandes guirnaldas de farolillos que [se mecían] entre los ejes.[1] Todo eso al final hubiese quedado como fundido, entremezclado, sobre la plaza Mayor, bastaría con triturar un poco las materias y la carne. Y llegó a ocurrir, me dijeron, la noche en que los bávaros lo aplastaron todo, el 24 de noviembre.[2]

Entonces todo dejó de gravitar en torno a la plaza Mayor, y las divisiones belgas entraron en las tripas de los zelandeses con cuarenta y tres obuses que cayeron de golpe. Diez muertos.

A tres coroneles los pilló jugando al póquer en el mismísimo jardín del cura. Todo esto no lo puedo garantizar, no lo vi, solo me lo han contado. Nuestras tardes en el Hipérbole, con Cascade, seguían siendo expansivas y de relumbrón. Pero hay que reconocerlo, lo más triste de Peurdu-sur-la-Lys, para quienes solo podían pasar allí dos horas, no era la falta de alcoholes, los había de lo más variado, no, era la falta de mujeres. Amandine Destinée era la única sirvienta que conocíamos, y ella solo quería a Cascade, se veía enseguida, un caso de amor a primera vista. De los otros donjuanes que viniesen a verla desde Ypres, de Lieja la heroica o de Alaska, ella despreciaba hasta el olor. Burdel no había, estaba prohibido por todas las consignas, y los cuatro cuerpos de policía perseguían, encerraban y expulsaban a las clandestinas.

Así pues, en cuanto se había bebido y dormido un poco, todo el mundo se la meneaba, tal vez los aliados

1. Pasaje muy corregido cuyo sentido resulta incierto.
2. Céline había añadido «1917», pero lo tachó.

también se enculaban, porque en la época, en nuestro país, esta puesta en escena no estaba muy extendida. En una palabra, desde el punto de vista de Cascade había mucho dinero a nuestro alrededor, casi regalado. Era preciso que Angèle viniera, esa era su opinión. Yo me resistí, tengo que decirlo, en nombre de mi honor. Me resistí hasta el final porque ya habíamos tenido suficientes peligros y amenazas del destino. Aunque estuviera maritalmente casado con ella, con papeles republicanos y todo, si pillaban a Angèle en Peurdu-sur-la-Lys dejándose joder a cambio de dinero, Cascade no se libraría, por muy fastidiado que tuviera el pie, de que lo mandaran en un dos por tres a primera fila de su regimiento, o más rápido todavía... En fin, yo prefería no hablar de presentimientos. Nos entendíamos. No sirvió de nada. Hubiese dicho que Cascade se emperraba en buscar su perdición. No descansó hasta que tuvo el salvoconducto. Y ya me tienes a su Angèle una mañana, llegada sin avisar, en la sala Saint-Gonzef. No me había mentido: era empinatoria de nacimiento. Te la ponía dura a la primera mirada, al primer gesto. Era algo más profundo que te llegaba de inmediato al corazón, por decirlo así, incluso más adentro, hasta el auténtico uno mismo, que no está completamente al fondo porque apenas lo separan de la muerte tres peladuras de vida temblorosas, pero que tiemblan tan bien, tan intensamente, tan fuerte, que uno no puede evitar decir sí, sí.

Allí donde nosotros estábamos situados, sobre todo yo si me comparo, en el fondo del frasco del dolor, para volver a trepar por la escalera era realmente necesario que la niña Angèle me ofreciera su biología. Me pegó unas miradas tremendas enseguida, me provocaba. A Cascade no le preocupaba.

–¿Lo ves, Ferdinand, que no te mentía? Cuando se vaya le mirarás el culo, y cuando se vaya a ver a los soldados provocará un motín, te lo repito, es puro fuego... Va, mi niña, va. Has de encontrar las arcadas..., el café de la Hipérbole. Pregunta por Destinée la sirvienta, ya está avisada... Por la tarde pasaré a recogerte con mi amigo. Ve a que te firmen el salvoconducto en comisaría... No salgas antes de que yo te lo diga... Lo tengo todo pensado... Ponte en regla... No hables con nadie... Y si te preguntan, lloras un poquito y dices que tu marido está muy enfermo... Y además es cierto. Ya nos entendemos..., ahora lárgate...

Medio gagá como estaba, yo aún no daba crédito a la Angèle. Le hubiese chupado la entrepierna allí mismo. Hubiera pagado lo que fuera, de haber tenido fondos. Cascade me observaba. Se partía de risa.

–No te enciendas, Loulou.[1] Si te portas como un amigo, cuando vuelvas a empinar ya haré que te la trinques, y quiero que se corra, que babee como si estuviera con un oficial. Ya ves tú que no puedo hacer más...

Estaban de moda los corpiños delgados para el verano. Yo pensaba en el suyo y se me ponía delante de los ojos como un velo de sueño con las puntas de las tetas y luego me atacaba otra vez una tormenta de zumbidos y tenía que ir al baño a vomitar por culpa del vértigo que me sacudía cada vez que me excitaba mucho rato.

Salimos como de costumbre. En el Hipérbole estaba como siempre Destinée, rodeada de soldados, y también Angèle, que bebía anisete con unos senegaleses. Eso no le gustó nada a Cascade, que me dijo:

–Porque es la primera vez no quiero avergonzarla de-

1. Diminutivo familiar de Louis Destouches; Céline lo utiliza también en una ocasión en *Muerte a crédito*.

lante de la aprendiz, pero si se mezcla con cualquiera le clavo la navaja en el culo... Ya le enseñaré yo a promiscuar... Vaya, mujercita mía –le dijo–, ya veo que mientras estoy enfermo tú no sabes comportarte... ¿No ves que no estamos en París, y que yo estoy aquí? Irás donde yo te diga y a ninguna otra parte...

Se vio bien claro que a Angèle no le gustó nada la observación. Yo me sentía incómodo por ella. Es verdad que se comportaba como si estuviera nerviosa.

–¿No ves que Ferdinand se va a hacer una mala opinión? Pregúntale, ¡no he parado de elogiarte! ¡Enséñale el matorral a Ferdinand! ¡Venga, te digo que se lo enseñes!

Angèle no estaba contenta. Pero nada de nada. No quería. En esos casos Cascade se ponía violento.

–¡Enséñaselo o te parto la cara de un bastonazo!

La niña Destinée estaba de pie detrás de Cascade. No sabía qué actitud adoptar, pero temblaba por Angèle.

Angèle no cedió. Él se contuvo para no armar un escándalo. Miró a Angèle con desprecio. Pero se arrugó. También estaba toda la guerra, que nos había machacado. Cascade ya no podía pegarle una paliza a su mujer. Miró a la Angèle de arriba abajo durante un minuto.

–Apestas, Cascade –dijo ella–, apestas y te puedes ir a la mierda, y he venido para decírtelo a la cara y haré que te echen cuando me dé la gana...

Fue como un latigazo en toda la cara, seguramente era la primera vez que alguien lo trataba de mequetrefe delante de todo el mundo, y encima era su mujer...

–¡Chis! –silbó Cascade–, ¡chis! Has bebido demasiado, Angèle, y si vuelves a abrir el pico te reviento a la salida...

Había recuperado el temple.

Estábamos en la salita del fondo, pero Angèle había gritado tan fuerte que me llegó a entrar miedo. Ahora

Cascade continuaba cuchicheando para instruirme, era puro farol. Estaba hecho trizas. Normal. Al final bebimos pagando ella. Se burlaba de él viéndolo tan miedoso.

–Te has cagado encima, ¿eh, Cascade?, ahora te domino... Estoy harta de tu cara de rata...

–No eres humana, Angèle, no eres humana –repetía él.

Se le había puesto cara de bobo. Tenía miedo. Salimos del Hipérbole para volver al hospital cuando pasó la patrulla. Aun así, Angèle nos entregó un billete de cien francos. Destinée estaba presente cuando nos dijo:

–No os peleéis. Mañana –añadió–, la que manda soy yo.

Todo eso en realidad no tenía mucha importancia porque se fundía forzosamente con todo tipo de terrores y de enfermedades. Si lo cuento es porque resulta más bien divertido. Pero Cascade sí que estaba aterrorizado.

–Nunca hubiese creído que podía cambiar tanto, Ferdinand... Los extranjeros la están llevando a la perdición.

Se había hecho esta idea. Se acostó con esta idea. Por la mañana seguía hablando de lo mismo.

Seguramente Angèle había pervertido a la Destinée en el bar Hipérbole. Compartían habitación. Y luego se le habrían ocurrido otras ideas diabólicas.

A mí me dolía tanto la cabeza que no podía salir cada día. Lo lamentaba. Estaba tan mal por todas partes que no podía ocuparme de Angèle. L'Espinasse me vigilaba. Ya no venía a besarme por las noches. El zuavo de la cama de al lado murió. Una noche ya no estaba cuando regresé. Y fue todavía peor que de costumbre. Me había acostumbrado a él, al zuavo, a sus asquerosidades, a todo. Que ahora se marchara, estaba seguro, era la señal de que todo iría a peor. Solo podía venir algo peor.

Pues ya veréis que me equivocaba. Con Cascade no nos fiábamos de lo que la niña Angèle haría en la ciudad con su permiso de residencia. Por muy macarra que fuera, Cascade ya no tenía autoridad sobre ella.

–No te imaginas lo que puede llegar a hacer una mujer en estos casos. Es como una pantera salida de la jaula, no conoce a nadie... Hacerla venir ha sido la mayor idiotez de mi vida... Pensaba como antes... La veía como antes... No sé qué le habrán podido hacer...

Comenzaba a asumirlo.

–Estoy convencido de que se va con cualquiera. La van a pillar y seguro que me delata... Se ha vuelto una soplona... Que me la devuelvan a París. Y mira que antes de partir le encargué expresamente a mi hermana que me la tuviera vigilada. Es increíble. Si ahora la tuviera delante, les hago una alfombrilla de cama a los gendarmes, ¿me entiendes?, una alfombrilla con la piel del culo de Angèle, de la tunda que le meto antes de ponerla en la puerta.

Con las dos manos dibujaba un gran cuadrado a mis pies.

El resto del personal, excepto los agónicos, se partía de risa oyéndolo echar pestes contra su niña. De entrada, les importaban un bledo las historias de Cascade, no entendían nada, preferían las cartas a cualquier cosa, y también escupir, y mear gota a gota esperando a que sus familias les escribieran y les dijeran que todo iba bien y que la paz estaba al llegar. Pero los cañonazos, hacia el 15 de julio, se acercaron de tal manera que empezaron a resultar molestos. En la sala común a menudo teníamos que hablar a gritos para oírnos, repetir las cartas. El cielo ardía tanto que al cerrar los párpados todo era de color rojo.

Nuestra callejuela, por suerte, estaba tranquila. A la derecha corría el Lys, a menos de dos minutos. Seguíamos un poco el camino de sirga y llegábamos al otro lado de las murallas, al campo; en una palabra, la vertiente pacífica del campo. Había corderos en la vertiente pacífica del campo que pacían al aire libre. Nos sentábamos con Cascade a verlos comerse las flores. Casi no se oía el cañón. El agua estaba tranquila, no pasaban barcos. El viento soplaba a oleadas, como risitas, entre las ramas de los álamos. Lo exasperante eran los gritos de los pájaros, que se parecían tanto a las balas. No hablábamos demasiado. Desde que había visto a Angèle me decía que Cascade corría tanto peligro como yo.

Las tropas no pasaban por el camino de sirga. Todo el tráfico del río estaba interrumpido. El agua dormía oscura, cubierta de nenúfares. El sol pasa y en un momento se oculta, por una tontería. Es un ser sensible. Yo comenzaba a poner un poco de orden en mis zumbidos, los trombones a un lado, los órganos solo al cerrar los ojos, el tambor a cada latido del corazón. Si no hubiese tenido tanto vértigo y tantas náuseas me habría acostumbrado, pero qué difícil es dormirme por la noche... Hace falta alegría, relajación, abandono. Esta pretensión ya la había abandonado. Lo que le pasaba a Cascade, a mi lado, no era nada. Yo hubiese dado los dos pies para que se pudrieran con tal de que me dejaran la cabeza tranquila. Cascade no podía entenderlo. Las ideas fijas de los demás son incomprensibles. La paz de los campos, para quien tiene los oídos llenos de ruido, es una idiotez. Es mucho mejor ser músico de verdad. ¿Y si tener pasiones, como L'Espinasse, fuera una manera de estar bien ocupado? O ser chino, que te consuelas con las torturas.

Yo también tendría que encontrarme algo así, bien delirante, para compensar esta miseria de estar encerrado para siempre en mi cabeza. Nunca podré volver a estar sin hacer nada, con una cosa como esta. No sabría decir si estaba loco o no, pero bastaba que tuviera un poco de fiebre para que empezaran a pasarme cosas raras. No dormía lo suficiente para tener pensamientos claros. No pensaba en nada. En cierto sentido, es lo que me ha salvado, si me explico, porque de otro modo me hubiese muerto allí mismo. No hubiese tenido que esperar mucho. Lo habría dejado en manos de Méconille.

–El campo es como si te acunara –decía Cascade delante de aquellas praderas–. Te acuna y a la vez te traiciona por culpa de las vacas. Yo encontré mi verdadero nombre en el bosque. En realidad no me llamo Cascade, tampoco me llamo Gontran, me llamo Julien Boisson.[1]

Me lo dijo como una confesión. Luego nos fuimos. Estaba inquieto. Para volver evitamos pasar por el callejón que da al cercado de los fusilamientos. Escogemos calles tranquilas, calles con conventos. Pero ahí tampoco tenemos la conciencia tranquila, hay demasiada calma. Nos apartamos, nos marcamos un destino para caminar en medio de los adoquines.

–Vamos a ver qué hace –me dice.

Hacía tres días que no nos atrevíamos a volver al Hipérbole. Giramos por la calle del ayuntamiento, luego por la que tiene una escalera monumental que se despliega en abanico hasta el centro de la plaza. Nos quedamos allí. Antes de cruzar inspeccionamos los alrededores. No podíamos fiarnos de cualquier imbécil, nuestras salidas no eran nada reglamentarias. Los belgas sobre todo eran unos cabrones. Son los policías más hijos de puta. Son astutos, taimados, se conocen todos los cruces de dos o tres razas.

En la plaza Mayor había tráfico, el desmadramiento habitual, y además las sombrillas del mercado, que ahora

1. *Boisson* en francés significa literalmente «bebida», pero aquí el personaje relaciona su apellido con *bois*, «bosque». *(N. del T.)*

se celebraba todos los días de tan bien que iban los negocios. A la izquierda estaba la choza de más categoría, al menos tres pisos de piedra tallada, el estado mayor británico. No te podías creer los cochazos que salían, ni la de tipos bien vestidos. Al parecer, el príncipe de Gales venía cada fin de semana. También se decía que allí mismo había recibido al Kronprinz, que vino a pedirle que un domingo no disparásemos los cañones durante tres horas y poder enterrar a los muertos. Para que se hagan una idea.

¿Y a quién vemos nosotros? ¿A menos de veinte pasos de un centinela inglés? ¿Cubierta de crepé de la cabeza a los pies? Aun así, la reconocimos enseguida. Cascade se detiene un minuto. Piensa. Ha comprendido.

–¿Lo ves, Ferdinand? Está haciendo la calle... Y ya te digo que antes no se dedicaba a los ingleses...

Yo no es que fuera muy competente, pero de momento la actitud de Angèle me parecía correcta. Cascade sigue pensando.

–¡Si ahora la molestas, con lo crecida que está, te puedes esperar cualquier cosa, Cascade! Yo me las piro...

–Quieto ahí. Vamos a tratarla con mucho tacto. O mejor: no le digas que estoy aquí. Ve tú solo y le das palique.

No salió mal. Angèle se divertía de lo lindo. El día anterior ya se había hecho a tres oficiales, ingleses solamente.

–Son generosos. Me los gano por los sentimientos.

Eso explicaba el velo, la pobre supuestamente ya había perdido a su padre en el Somme y su marido estaba allí, en un hospital de Peurdu-sur-la-Lys. El marido era precisamente Gontran Cascade, como atestiguaba el salvoconducto. Todo estaba en regla, así que el oficial británico recibía una lección de francés con un añadido sentimental. Solo la víspera les había sacado doce libras.

–No has robado nada –le digo.

–No, no, y te aseguro que se han corrido muy a gusto a costa de mi desgracia.

Se moría de risa hablando conmigo y yo aprovechaba para manosearla un poco.

Cascade nos esperaba en el Hipérbole, habíamos quedado así en caso de que yo pudiera arreglar las cosas. No había perdido el tiempo. No puedo decir que hubiese seducido a Angèle, pero me soportaba mejor que a su marido. No se tragaba a su aprendiz de puta, la sirvienta Destinée. Pero, pese a ello, vivía en su cuartucho.

–Oye, a esta putita tuya –le dijo nada más ver a Cascade–, ¿no podrías enseñarle a lavarse la raja antes de acostarse?

Pensé que iba a cruzarle la cara con el bastón, pero ya no quedaba hombre. Bébert ya se encaminaba hacia su destino, y se hubiera dicho que lo sabía.

–Esto que haces no te traerá suerte, Angèle, no te traerá suerte, acuérdate, te has crecido de mala manera desde que me fui de París. No das la talla para hacer de hombre, Angèle, se te va a subir a la cabeza y será tu perdición, será peor para ti que para mí..., mira a qué hora te lo digo.

Le hablaba muy tranquilo. Yo estaba sorprendido.

Antes de que nos fuéramos le entregó otro billete de cien francos delante de todo el mundo. Era para los dos. Yo ya no les pedía nada a mis padres. Volvimos a verlos, a mis padres, a ellos y a todo el mundo, lo vimos todo. Las cosas volvieron como un soplo violento de aquellos tiempos que se habían terminado. Os explicaré por qué. Era un domingo, también, y L'Espinasse cruzó la sala con una gran sonrisa y se dirigió hacia mí con mucha amabilidad. Yo estoy acicalándome un poco detrás del biombo y de entrada no me fío.

–Ferdinand –me dice–, ¿sabe usted qué gran noticia le traigo?

Ya está, me digo de entrada, me declaran inútil sin haberme examinado.

–¿No? El mariscal Joffre acaba de condecorarlo con la medalla militar.

Entonces salgo de mi refugio.

–Sus queridos padres llegarán mañana. También se les ha avisado. Aquí tiene su magnífico nombramiento.

Lo leyó en voz alta para que lo oyera todo el mundo:

«El cabo Ferdinand ha recibido una mención honorífica en el orden del día del ejército por haber intentado, en solitario, despejarle el camino a un convoy. En el momento en que dicho convoy, sorprendido por la artillería y la caballería enemigas, se encontraba rodeado, el cabo Ferdinand cargó tres veces en solitario contra un grupo de lanceros bávaros y consiguió así, gracias a su heroísmo, cubrir la retirada de trescientos [tullidos] del convoy. El cabo Ferdinand resultó herido en el curso de su hazaña.»

Era yo. De entrada, me digo: Ferdinand, aquí hay un error. Es el momento de sacar provecho. Puedo afirmar que no dudé ni dos minutos.

Pero estos cambios de situación no duran. No sé si tenía relación, pero ese día el frente de Peurdu también se mueve. Dicen que los alemanes han retrocedido, como un acordeón. Casi no se oían los cañonazos. Los otros soldados de la sala no salían de su asombro ante mi ascenso súbito. Para ser sinceros, estaban un poco celosos. Incluso Cascade se interesaba por el asunto con reservas. Yo no le dije que aquella medalla era un cuento, no me hubiera creído.

Hay que reconocer que a partir de aquel momento las cosas se pusieron fáciles y extraordinarias. Sopló un gran viento de fantasía a nuestro alrededor. Y yo demostré una valentía suprema, me dejé llevar, nunca mejor dicho. No cedí a la sorpresa, que hubiese querido que me quedara igual de idiota que antes, tragándome desgracias, solo desgracias, porque era lo único que conocía en la vida, desde la educación que me dieron mis buenos padres, desgracias bien penosas, bien laboriosas, bien sudadas. Hubiese podido desconfiar de esa feria de imaginación fantástica en la que me rogaban subirme a un corcel de madera, enjaezado con mentiras y terciopelos. Hubiese podido rechazarlo. No lo rechacé.

Perfecto, me dije, el viento sopla, Ferdinand, apareja tu galera, deja que se jodan todos estos cretinos, déjate llevar, no creas en nada. Te has roto más de dos tercios, pero con el trozo que te queda te vas a divertir, deja que te porte el aquilón favorable. Que duermas o no, tú tambaléate, folla, cojea, vomita, babea, pustula, febrila, aplasta, traiciona, no te cortes mucho, solo es cuestión del viento que sopla, nunca llegarás a ser tan atroz y tan imbécil como los demás. Avanza, eso es todo lo que te piden, tienes la medalla, eres guapo. En esta batalla de idiotas rematados por fin estás ganando sin esfuerzo, tienes una fanfarria particular en la cabeza, estás solo medio gangrenado, estás jodido, de acuerdo, pero ya has visto que en los campos de batalla no se condecora a la carroña, y a ti te han condecorado, que no se te olvide, serías un ingrato, una basura, un mierda seca, no valdrías más que el papel con que te limpias el culo.

Me puse la mención en el bolsillo, con la firma de Joffre, y saqué pecho. Parecía que mi potra hundiera más en la mierda a Cascade, pobre muchacho. Ya ni refunfuñaba siquiera.

–Ánimo, Gontran –le decía–. Vas a ver cómo me follo a todas esas señoronas, a L'Espinasse y a todos esos tipos del tribunal médico, y al obispo. Mira tú si me encuentro bien que iría a darle por el culo ahora mismo, si no fuera porque se pone firmes para hablarme.

Mis chistes ya no le hacían reír, pobre Cascade.

–Estás muy guapo, Ferdinand, estás muy guapo. –Eso era todo lo que atinaba a decirme–. Tendrías que ir a que te saquen una foto.

–¿A que voy y lo hago? –le dije.

Fui con mis padres la misma tarde en que llegaron. Mi padre estaba como en trance. De repente yo era alguien. En el Pasaje de las Bérésinas no se hablaba de otra cosa que de mi medalla. Mi madre estaba con su lagrimita, la voz conmovida. Todo aquello me daba bastante asco. La emoción de mis padres no me gusta. Teníamos cuentas pendientes más serias. Mi padre estaba impresionado por la artillería que desfilaba por las calles. Mi madre se asombraba todo el tiempo de la juventud de los soldados y de la buena facha de los oficiales a caballo. Los oficiales le inspiraban confianza. Mi padre, además, tenía un conocido en Peurdu-sur-la-Lys, el agente de seguros de La Coccinelle. Nos invitaron a comer para celebrar mi medalla militar, y a L'Espinasse también. Yo era el orgullo de su hospital, y Cascade también vino, porque siempre estábamos juntos y mi madre quiso que Angèle también viniera porque estaban casados. Mi madre no entendía nada. Y no se le podía explicar. Se iban la misma tarde. Buscamos a Angèle. La encontramos en la esquina del estado mayor inglés, como de costumbre.

Cascade, a decir verdad, era un despojo. Se derretía, sobre todo cuando veía a Angèle. Ya no protestaba. Incluso la Destinée se tomaba libertades. En el Hipérbole le movía la silla para que no entorpeciera el paso de los clientes. Era una transformación humana. Yo me hinchaba gracias a la medalla y a él, al contrario, lo minaba, era algo que venía de la guerra y ya no entendía. Había dejado de tirarse faroles mientras que yo ganaba importancia, y además parecía que se entregara a la mala suerte.

–Resiste –le decía yo–, tienes a tu niña Angèle, aunque ahora haga cosas raras, en eso estoy de acuerdo. Está aprovechando las situaciones que se le presentan, pero no le va a durar, ya la recuperarás cuando las cosas se pongan feas. Estará contenta de que castigues sus infidelidades. Empieza a ser urgente.

–Vaya, vaya, vaya, por mucho menos la habría denunciado a la bofia, estoy que no me reconozco. Que me la expulsen a París y que se la jodan sus negros. No es cuestión de quedarse o no, es muy simple: o la mato o el muerto soy yo. La guerra solo trae desgracias, tú dirás lo que quieras. Estoy seguro de que tiene un chulo, a menos que además sea tortillera y yo no me lo haya olido. Te lo juro, Ferdinand, Angèle es un monstruo.

El agente de La Coccinelle se llamaba Harnache. Para casa bonita y confortable, la que tenían él y su mujer. No podía haber nadie más amable en el mundo. Nos hicieron visitarla en todos los sentidos. Todo era antiguo, a mi madre le encantaba. No paraba de hacerles cumplidos. Compadecía a la señora Harnache por tener que vivir tan cerca del frente. Y sus hijos monísimos, dos niños y una niña, que se sentaron a la mesa con nosotros. El señor Harnache era rico de nacimiento, se ocupaba de La Coccinelle por tener una ocupación en la vida.

La admiración de mi madre era interminable. Aquel tipo tenía, en una palabra, todos los valores y virtudes. Tan rico, [*algunas palabras ilegibles*] entre las tropas tan cercanas del frente, rodeado por aquellos niños tan guapos, exento de filas por un problema de corazón, en una casa tan grande y tan bien amueblada, donde todo era «antiguo», con tres criadas y una cocinera, a menos de veinte kilómetros del frente, y tan sencillo con nosotros, tan solícito, sentándonos a su mesa desde el primer día, particularmente llano con Cascade, informándose, estimando, venerando casi nuestras heridas y mi medalla, vestido con un traje de buen tejido, un cuello duro bien formal, bien alto e impecable, relacionado con lo mejor de la sociedad de Peurdu-sur-la-Lys. Conocido de todos, y aun así nada orgulloso, hablaba inglés como una gramática, decoraba su casa con encajes de hilo, algo que mi madre consideraba como la mismísima prueba del mejor gusto, le escribía a mi padre cartas casi tan bien escritas como las suyas, pero no tan bien, por supuesto, aunque sí admirables, con el pelo cortado a cepillo, cosa rara ya en la época, un corte severo que da impresión de aseo, y tan perfectamente masculino y decoroso que consolida la confianza de los eventuales tomadores de un seguro. Mi madre, con su «pata chula», como decía ella, sufría para subir cada piso, sin hartarse de encontrarlo todo admirable en el hogar de los señores Harnache.

Se paraba frente a las ventanas para jadear, contemplaba el flujo y reflujo de las tropas en la calle y se quedaba allí un momento, afligida ante aquella especie de carnaval...

–Todavía se oyen los cañones –decía.

Y luego pasaba a admirar la habitación contigua, donde todos aquellos tesoros atestiguaban muchas herencias Harnache. Si en lugar de las tropas en la calle le hubiesen mostrado un río lleno de peces, tampoco habría entendido por qué pasaban sin cesar unos detrás de otros en un torrente de colores. Mi padre se creía obligado a darle vagas explicaciones, todas imaginarias, haciéndose el competente. El propio Harnache, por pura amabilidad, le explicaba la formación de las tropas [hindúes]...

–Desfilan siempre así, de dos en dos, y dicen que si uno de los dos camaradas cae alcanzado por una bala enemiga, el otro no lo sobrevive mucho tiempo. El hecho es...

Mi madre entonces como que se extasiaba. Le tocaba la fibra sentimental.

–Cuidado, Célestine –le decía mi padre–, pon atención al pisar hacia atrás.

Se refería a la escalera tan bien encerada de aquella casa modélica.

–Un auténtico museo... Qué cosas tan bonitas tiene, señora... –Mi madre no dejaba de felicitarla.

La señora Harnache y sus tres hijos esperaban abajo, en el comedor. Mi padre temía que mi madre tropezara delante de todo el mundo. Cojeaba de tanto subir y bajar escaleras, además del viaje en tren y los adoquines de la ciudad. Mi padre hacía una mueca pensando en la pata innoble y delgada de mi madre. Estaba seguro de que todo el mundo la había visto cuando se levantó las faldas para subir la escalera. El señor Harnache, con sus bigotitos de gato, tenía pinta de ser bastante cerdo. Seguro que les metía mano a las criadas. Mi padre les echaba una miradita de hipócrita cuando servían los entremeses. Unas mozas de veinte años bien rollizas. Cuando se iban a la cocina después de retirar los platos tenían que subir dos escalones, y dejaban un poco al descubierto las pantorrillas.

La señorita L'Espinasse llegó con un poco de retraso, deshaciéndose en excusas. El desfile de los escoceses, desembarcados la noche anterior, y a los que su general había hecho entrega de la bandera, le había impedido el paso en la plaza Mayor.

–¡Ha sido tan hermoso! ¡Qué muchachotes tan espléndidos, señora! Algunos son apenas unos niños, es cierto, pero ¡qué frescura, qué valentía, qué aguante!... ¡Estoy segura de que un día harán prodigios y les darán guerra a esos innobles alemanotes, unas bestias, qué horror!

–Oh, sí, señora, desde luego, los periódicos traen detalles atroces sobre su crueldad. ¡Es algo difícil de creer! Tendría que haber alguna manera de impedir ese tipo de cosas.

A Cascade y a mí nos ahorraron las atrocidades que leían en los periódicos. Al menos no las enumeraron todas. Mi madre estaba segura de que había un recurso supremo, en manos de alguien muy poderoso, para impedir que los alemanes se entregaran por completo a sus instintos. No podía ser de otra forma. Mi padre, por una vez, era de su misma opinión. Si los alemanes habían podido permitírselo todo, entonces el mundo era muy diferente de lo que ellos siempre habían creído [estaba construido sobre otros principios, con otras nociones] y lo que ellos pensaban tenía que prevalecer como única verdad. Por descontado, contra las bestialidades guerreras existía el recurso supremo. Bastaba con que cada uno cumpliera con sus deberes para con los demás, como mi padre siempre había hecho en su propia vida. Eso era todo. No concebían aquel mundo de atrocidad, una tortura sin límite. Entonces lo negaban. Solo planteárselo como un hecho posible les horrorizaba más que cualquier otra cosa. Se servían entremeses de manera compulsiva, se congestionaban mutuamente, animándose a negar que no se pudiera hacer nada contra las atrocidades alemanas.[1]

–Esto no va a durar. Bastaría con una intervención americana.

La señorita L'Espinasse dudaba un poco, Cascade y yo lo veíamos, en indignarse tanto como los demás. Nos observaba, y nosotros nos mostrábamos muy deferentes. A decir verdad, todos hablaban una lengua rara, una gran lengua de idiotas.

Lo más bonito fue que Angèle acabó por llegar. Mi madre, que no dejaba pasar una oportunidad, la felicitó de inmediato por haber tenido el coraje de venir a reunirse con su marido en zona de peligro..., si se quedaría mucho tiempo..., si tenía autorización...

Angèle no le quitaba los ojos de encima a mi medalla militar.

1. Si bien esta página no aparece tachada, Céline comenzó una nueva, pero se interrumpió dejando sin terminar la tercera frase: «Todos nos lanzaban miradas de comprensión, a Cascade y a mí, nosotros estábamos callados. Estábamos celebrando mi medalla militar. La señora Harnache no paraba de ir de la cocina al comedor». Céline hubiese podido sustituir el comienzo de la página o utilizarla como conclusión del párrafo retomando el tema.

Yo me la hubiese tirado con ganas, a Angèle, si antes hubiera podido dormir un poco, y si tuviera la segura seguridad de uno o dos días por delante. Pero la medalla no me traía el sueño, aunque algo de seguridad hay que reconocer que sí. Lo único es que estaba Cascade.

Llegamos a la pierna de cordero. Ahí todos dejamos de pensar durante un rato. Yo me serví tres veces, mi padre también, el señor Harnache también, su mujer, dos veces, la señorita L'Espinasse, una vez y media. Mi madre al verme comer tanto me miraba con ternura.

–Pues sí, al menos no has perdido el apetito –observaba alegremente para que todo el mundo se fijara...

De mi oído no se hablaba nunca, era como la atrocidad alemana, algo no aceptable, sin solución, dudoso, en fin, poco decoroso, que impedía la concepción de remediabilidad de todas las cosas de este mundo. Yo estaba demasiado enfermo, y sobre todo, en esa época no tenía la instrucción suficiente para determinar, en mi cabeza demasiado zumbante, la ignominia del comportamiento de mis viejos, de sus esperanzas, pero era algo que sentía caer sobre mí con cada uno de sus gestos, cada vez que no estoy bien, como un pulpo viscoso y pesado como la mierda, su enorme optimismo, pánfilo, una idiotez nauseabunda, que ellos remendaban chapuceramente contra cualquier evidencia, soslayando las vergüenzas y los suplicios más intensos, extremos, sangrantes, que aullaban bajo las mismísimas ventanas de la habitación en la que nosotros comíamos, incluso mi propio drama, cuya degradación ni siquiera aceptaban, porque reconocerla significaba perder algo de su esperanza en el mundo y en la vida y ellos no querían perder la esperanza en nada, ni siquiera en la guerra que pasaba bajo las ventanas del señor Harnache en batallones enteros, y que oíamos roncar todavía con sus obuses que hacían temblar, como un eco, todos los cristales de la casa. Sobre mi brazo no se ahorraban elogios. Era una herida agradable en la que podía proyectarse el optimismo. Como en el pie de Cascade, dicho sea de paso. Angèle no decía nada, apenas se había puesto pintalabios.

–¡Qué chiquilla tan encantadora, después de todo! –me confió mi madre después de la ensalada. [*Una frase ilegible.*]

Los comensales estaban confabulados. No solamente celebrábamos mi valentía, estaban allí para levantarles la moral a los combatientes heridos.

Comimos tanto que aquello duró dos buenas horas. A los postres llegó el capellán, el canónigo Présure, que quería felicitar a mis padres. Hablaba de manera delicada, como una dama. Se tomaba el café como si bebiera oro. Estaba muy seguro de sí mismo. Mi madre asentía con la cabeza a medida que él iba felicitando, mi padre también. Lo aprobaban todo. Venía del cielo.

–Ya lo ve usted, querido amigo, incluso en las más terribles pruebas con las que se digna a someter a sus criaturas, el Señor conserva siempre para ellas una inmensa piedad, una infinita misericordia. Los sufrimientos de sus criaturas son los suyos, sus lágrimas son las suyas, las congojas que padecen son sus congojas...

Yo adopté un aire bobo y contrito para asentir, como los demás, ante las palabras del cura. No lo oía bien a causa de mis zumbidos, que me tendían en torno a la cabeza una especie de casco de estrépitos casi impenetrable. Sus palabras, untuosas y viperinas, me llegaban abriéndose paso a través de los silbidos, cruzando una puerta hecha de mil resonancias.

Mi madre escuchaba con la boca un poco abierta, hasta tal punto el cura decía cosas elevadas. Se veía enseguida que tenía la costumbre, no paraba de decir cosas elevadas, como mi madre no paraba de ser devota, yo de zumbar y mi padre de ser honrado. Volvimos a tomar coñac, y del añejo, para celebrar una vez más mi medalla militar.

Cascade chupaba del vaso de Angèle, no se lo dejaba terminar para molestarla. Los apuraba de un trago delante de sus narices. Lo encontraba gracioso. Era como una especie de danza, allí en el comedor de los Harnache, una danza de sentimientos. Iban y venían en medio de mis zumbidos. Nada se estaba quieto. Estábamos borrachos. Todos. El señor Harnache se había quitado la corbata. Tomamos café otra vez. Ya no le hacíamos mucho caso al cura. Solo mi madre continuaba inclinando la cabeza a la altura de su boca para seguir los más elevados sentimientos a propósito de la guerra y la caridad sobrenatural de Nuestro Señor.

Angèle y Cascade se hablaban duramente. No lo oía muy bien, pero aquello iba en serio.

–Que te digo que no iré... –decía ella–, que no voy a ir...

Angèle lo estaba provocando. Cascade me lo había dicho antes de ir, lo que más le gustaba era tirársela en los retretes. Ella no pensaba ir. Pues bueno.

–¡Pues entonces os voy a cantar una canción! –gritó.

Y se levantó de su silla. Mi padre también estaba bien congestionado. La tropa pasaba, no se detenía, la caballería desfilaba como un pesado chaparrón de hierro, y luego la artillería, entre escuadrones, que se tambalea, tropieza, oscila entre un eco y otro. Uno se acostumbra.

–¡No sabe! –anuncia a todo el mundo la niña Angèle.

Lo vi en sus ojos. Era un desafío. Las pupilas negras que tenía, y luego la boca sangrante y provocatriz, y las cejas dibujadas con firmeza por encima de toda su dulzura y atractivos. No te podías fiar. Seguro que Cascade también se daba cuenta.

–¡Cantaré una si me apetece y no serás tú, sabandija, quien me haga cerrar el pico!

–Pruébalo –dijo ella–. ¡Pruébalo y te darás cuenta!

Admito que estaba muy excitada por los alcoholes, pero aun así había cosas que no podía decir y continuar como si nada.

–¿Qué? ¿Cómo te atreves, putón, a desafiar a tu hombre delante de todas estas personas aquí presentes? Si no has parado de revolcarte con los hijos de la Gran Bretaña desde que te hice venir a verme... ¿De quién te crees tú que eres? ¿Les has dicho a todos los presentes cómo te encontré haciendo la calle en el Pasaje del Cairo y que sin mí no hubieras ganado nunca ni para comprarte tu primera camisa? ¡Atrévete a abrir otra vez esa boca sucia y te la parto, so guarra! No te mereces menos... ¡Despojo!

–Sí, sí... –dijo ella.

Y en voz más baja, muy concentrada en unas frases que seguramente se había preparado:

–Tú te debes de creer que la niña Angèle sigue siendo tan idiota como siempre... ¿A que sí? Que te va a traer una pupila, diez pupilas, tres fulas y todos los desechos que el señorito va recogiendo y que tienen la raja podrida, un mocoso cada mes en la panza, que hemos de criar entre todas, con dos o tres sífilis cada una, que salen caras, y que va a ser la niña Angèle quien pague todo eso con su coño, siempre su coño, una vez más su coño... No, bonita mía, no, estoy harta y te jodes. Estás podrido, ¡pues quédate podrido! Hazte encular tú solito, cada cual a lo suyo, ¡y estas son mis últimas noticias! Mi edición de tarde. Último boletín de noticias.

–¡Ah, Ferdinand! ¡Me callo! Ya lo has oído. Mira, te voy a dar sus tripas...

El señor Harnache estaba como ido, el cura, L'Espinasse, todos conmocionados... Cascade ya tenía el cuchillo de los pasteles en la mano. Con aquello no podía hacer mucho daño.

Mi madre había oído todos esos horrores. Era un tono del horror que no conocía. Sujetamos a Cascade. Volvió a sentarse. Movía la cabeza como un metrónomo. Su mujer, por suerte, estaba del otro lado de la mesa. Pero no bajaba los ojos.

–Cántenos alguna cosita, señor Cascade –acabó por decir la señora Harnache, que era tan idiota que no había entendido nada–. Lo acompañaré al piano.

–¡De acuerdo! –dijo él, y se fue hacia el piano, firmemente resuelto, como si fuera a asesinar.

No dejaba de mirar a Angèle con desprecio. Ella no perdía los nervios.

Yo sé..., tralalá, tralalá, que es usted muy bella-a...
Trala, trala.
Que sus ojos llenos de dulzura, ura... ura
¡Han apresado mi corazón!...
Y que es para toda la vida... ida... ida...
Yo sé...[1]

Y fue entonces cuando Angèle volvió a provocarlo. Se levantó adrede, a pesar del cura que intentaba sujetarla.

–Hay algo que no sabes decir, asqueroso de mierda, y

1. Céline retoma de manera aproximada el estribillo de «Je sais que vous êtes jolie», canción de Henri Poupon y Henri Christiné escrita en 1912.

es que te has casado dos veces..., sí, dos veces..., y la segunda con papeles falsos. No se llama Cascade, Cascade Gontran, señoras y señores..., de ninguna manera, y además es bígamo, sí, bígamo, y además se casó con papeles falsos..., y la primera también hace de ramera, en Toulon, sí, y esa sí que lleva su nombre de verdad... Anda, diles a estas damas y caballeros que todo esto es mentira...

–¿Sabes algo más? Di, ¿sabes algo más? –decía sin dejar de cantar.

La concurrencia ya no sabía qué hacer... La Angèle se había levantado para ir a insultarlo casi a la cara.

–¿Y qué pasa si sé algo más?

–Pues venga, dilo todo, ya que estás, di todo lo que sabes, ya que eres tan listilla. Ya verás como sales de aquí. Ya verás como el Julien... va a machacarte, huevo podrido, confitura de excremento. Continúa, ya que has empezado...

–No necesito tu permiso, no lo necesito en absoluto. Diré bien alto quién mató al vigilante nocturno del Parc des Princes, a las dos de la madrugada del 4 de agosto... Hay testigos... Léon Crossepoil y la niña Cassebite también os lo dirán...

–De acuerdo –dijo Cascade–. Voy a seguir cantando. Escucha bien, puta rastrera, escucha cómo canto, escucha. Si me mandaras a la guillotina, ¿me oyes?, sí, he dicho la guillotina, pues seguiría cantando, y desde el fondo de la cuba seguiría cantando si me diera la gana, solo para joderte. Escucha.

Yo sé, tralalá, tralalá, que es usted muy bella...
Que sus ojos llenos de dulzura...
Han apresado mi corazón...
Y que es para toda la vida...
Yo sé...

–¿Quieres que cante otra estrofa? Te [las] cantaré todas [*algunas palabras ilegibles*]. Todas, para que la mierda suba y te ahogue. Todas, ¿me oyes?, yo no tiemblo en los agudos, ya se lo puedes decir. Para Cascade, una idiota de tu calaña es bien poca cosa, fíjate tú.

....
....
....
....

–Me sé todas las estrofas, ¿me oyes?, y te encularé cuando yo quiera.

–¡No, no me vas a encular, tú no me vas a encular! No eres más valiente que el último de los maricones. No es más que un incapaz, un bocazas incapaz de aguantar como todos los hombres de su edad... Eres peor mujer que yo, una guarra, no lo niegues, peor mujer que yo.

–¿Cómo? ¿Cómo?... –dijo entonces Cascade, titubeando–. ¿Qué dices?

–Digo, digo... que fuiste tú quien se disparó en el pie para dejar el frente, para volver a París y joderme... Ahora di que no... Vamos, dilo. ¡Así es este hombre, ahí donde lo ven! –añadió señalándolo como un fenómeno. Era todo un espectáculo.

Cascade se balanceaba sobre su pie putrefacto.

–Aun así, voy a cantar por Francia –dijo con voz cansada–. Y además, fíjate –añadió–, nunca me harás callar, ¿me oyes? Todavía no ha nacido la tía que a mí me apague, no ha nacido..., repito. Vete a buscar un hombre, si quieres, ya verás si me hace callar. ¿Hay alguien aquí que quiera hacerme callar, panda de tarados?

Nadie contestó, claro. El cura reculaba hacia la puerta

lentamente. Los demás no se atrevían a moverse. Mi madre hacía esfuerzos por no ir a consolarlo con palabras maternales y biempensantes.

....

....

....

Y ahí se quedó Cascade, tambaleándose, orgulloso, junto al piano. Cantaba ronco y desafinado. Se hacía raro que no intentara tener la última palabra ante Angèle. Y sin embargo la tenía casi al lado. Yo me fijaba en todo porque era como en una pesadilla, cuando uno no tiene otra cosa que hacer que soportar las cosas... Cascade también era una pesadilla, Angèle también, en el fondo. En cierto sentido estaba bien así. Ella lo reconoció.

–Que te digo que sí, que fuiste tú que te disparaste a ti mismo. Me lo escribiste... Atrévete a decirme que no lo escribiste.

–¿Y pues? –preguntó.

–Pues que le he enviado tu carta al coronel, y tanto que se la he enviado. ¿Estás contento? Pues ahora cállate la boca, te la callas.

–No, no me callaré, no me callaré nunca, sucia carroña... Antes lamería un retrete, ¿me oyes? Antes me dejaría abrir la panza con un abrelatas que cerrar la boca porque tú me lo digas...

–Le acompaño, señor Carcasse –dijo la señora Harnache.

No había entendido nada, se creía que se trataba de una riña sin importancia...

Angèle entonces se sentó junto a mi madre.

El regimiento de caballería pasaba en aquel momento por la calle.

Lo que oía era la fanfarria. Me pareció que la señorita L'Espinasse se unía a ella tocando la trompeta, un buen trompetazo, aunque llevara un casco. Un casco demasiado alto, como las notas. No era normal.

–Cascade –dije–, Cascade... ¡Viva Francia! ¡Viva Francia!

Me desplomé. Todo se detuvo en el comedor, incluso la canción de Cascade. No había otra cosa que mis zumbidos por toda la casa, y aún más lejos, toda la carga de caballería bajando a toda prisa por la calle hasta la plaza Mayor. El gran obús de ciento veinte que bombardeaba el mercado. Era perfectamente consciente del delirio de las cosas. Por un instante, volví a ver el convoy, mi pequeño convoy, quería seguirlo. Le Drellière me hacía señas, valiente muchacho, Le Drellière... Hacía lo que podía... Yo también...

[Corrí, corrí... y luego volví a caer.]

Qué esfuerzo, acordarse con precisión de las cosas cuando han pasado tantos años. Las cosas que dijo la gente casi se han convertido en mentiras. Hay que desconfiar. Es un cabrón, el pasado, se mezcla con la ensoñación. Por el camino se aprende cancioncillas que nadie le había pedido. Vuelve a nosotros vagando, maquillado con lágrimas y arrepentimientos. Es un disparate. Entonces hay que pedirle auxilio a la verga, enseguida, para aclararse. El único medio de hacerlo es un medio de hombre. Una empalmada salvaje pero sin ceder a la paja. No. Toda la fuerza sube al cerebro, como suele decirse. Un arrebato de puritanismo, pero ya. Muy jodido, el pasado, vuelve por un momento, con todos sus colores, sus negros, sus claros, los gestos exactos de la gente, el recuerdo sorpresa. Es un cerdo, el pasado, siembre ebrio de olvido, un auténtico traidor que ha vomitado sobre los asuntos que ya teníais ordenados, es decir, amontonados, asquerosos, al final agonizante de los días, en vuestro propio ataúd, muerte hipócrita. Pero después de todo, es mi problema, me diréis. Os diré cómo se arreglaron las cosas en la realidad o, más bien, cómo se desarreglaron en cuanto me hubieron reanimado y volví al hospital.

Antes acompañé yo mismo a la estación a mis padres, que no sabían dónde meterse. Aun tambaleándome insistí en acompañarlos. Cascade me sostenía, fanfarroneando sobre sus bastones. El cura y L'Espinasse se fueron por su cuenta. Angèle había desaparecido. Se escabulló por la cocina. Mi padre estaba acongojado por todo lo que había visto y oído.

–Vamos, Clémence, por Dios, date prisa –apremiaba a mi madre, que cojeaba casi tanto como Cascade por haber pasado muchas horas sentada–, date prisa, solo nos queda un tren a las once después de este.

Estaba más pálido que todos nosotros. Fue el primero en darse cuenta de lo que estaba pasando. Yo todavía zumbaba demasiado y Cascade había abandonado el papel de chico que no le teme a nada. Las tropas nos bloqueaban el paso cada veinte metros. Al final llegamos al andén justo cuando sonaba el silbato, perfecto. Entonces nos quedamos solos. Era hora de volver al Virginal Secours a toda mecha.

–¿Vamos? –le pregunté de todas formas a Cascade.

–Claro –me dijo–, ¿adónde quieres que vaya si no? ¿Al baile?

No dije nada. Al llegar a la sala común, viendo a los tipos jugando al piquet sobre las mantas, nunca hubiésemos sospechado que la noticia ya corría. No se les veía muy habladores, y tampoco intentaban pedirnos noticias de la ciudad, como hacían de costumbre cuando volvíamos, siempre cochinadas, naturalmente, sobre mujeres. Qué habíamos visto en el café, en la calle, preguntas de tipos decentes, en el fondo. Nada por el estilo.

Fue el Antoine, el enfermerito del Sur, que estaba enyesado junto a la puerta, quien me lo sopló cuando pasé para ir a mear:

–Oye, que han venido los de la bofia militar y han preguntado por Cascade, por una información, han dicho... ¿Lo sabías?...

Vuelvo enseguida con Cascade y lo escucho. No contesta.

–No pasa nada –dice.

Se hace de noche. Apagan el gas.

Yo me decía ya está, seguramente la bofia ya sospecha, vendrán a por él a primera hora. Oí tocar las nueve y luego un cañonazo no muy lejos, luego otro, y luego nada. Nada salvo el trajín habitual de los camiones, más la caballería, y el susurreo tremendo de los pies de los soldados de infantería que sube por las paredes cuando pasa un batallón. Un silbido en la estación. Antes de poder dormir tenía que organizar todo esto en la cabeza, agarrarme fuerte con las dos manos a la almohada, armarme de voluntad, rechazar la angustia de no volver a dormir nunca más, aglomerar la batería de mi oído, mis propios ruidos, con los del exterior, y así a poquito conseguir sacarle una hora, dos horas, tres, a la inconsciencia, como quien levanta un peso enorme y lo deja caer de nuevo, para acabar otra vez en un tremendo fracaso. Entonces te vuelves loco, no piensas más que en morirte, vuelves a la carga del sueño, como los conejos perseguidos en una cacería, que abandonan contra una zanja, desisten, pero vuelven a correr, vuelven a esperar. El universo del sueño es una tortura increíble.

Por la mañana se hizo una calma. Ecos de explosiones, eso fue todo. La enfermera trajo el café. Me fijé que no miraba a Cascade como de costumbre. Seguro que sabía algo. Era una muchacha del convento. La L'Espinasse no se dejaba ver. Estaba ocupada en el quirófano, nos decían. Yo me preguntaba qué papel podría haber desempeñado en lo que se avecinaba. Después del café Cascade fue al lavabo y luego volvió para jugar un piquet con Groslard,[1] como lo llamábamos, un cardíaco que estaba junto a la cama del tipo de la izquierda. Groslard en realidad no estaba gordo, se le hinchaban los pies y la panza a causa del corazón y de la albúmina. Eso era todo. Lo dejaba tirado en la cama durante tres meses, cuando se deshinchaba de golpe no lo reconocíamos. Entonces pasó una cosa. Cascade, que nunca ganaba, le ganó cuatro partidas seguidas. Camuset, un tullido que lo estaba viendo, se excitó y le propuso una partida de malilla con dos moros en la sala de vendajes, mientras las enfermeras se iban a almorzar. Estaba prohibido. Cascade volvió a ganarlo todo. Tenía una suerte fenomenal. Un suboficial de la sala contigua, la Saint-Grévin, pasó por allí y no se lo acababa de creer. Se lo llevó con los otros suboficiales para jugar al póquer. Cascade volvió a ganar, una partida tras otra. Al final se levantó, blanco como la pared, y abandonó el juego.

–No estoy bien –dijo.

–Al contrario, va de primera –le dije–. Va que es una gloria.

Lo dije para intentar animarlo. Él tenía otra opinión. Volvimos a la cama para la visita. Méconille pasó con dos tías y un tipo de paisano que no habíamos visto nunca. Cuando se paró frente a la cama de Cascade, este le pidió:

–Mi capitán, por favor, córteme el pie. Ya no me sirve para caminar...

Méconille pareció sentirse incómodo. Él, que nunca se negaba a cortar nada.

1. Literalmente, Tocinote o Tocinazo. El término *groslard* es de uso corriente para referirse de forma despectiva a alguien obeso. *(N. del T.)*

–Tendremos que esperar un poco, muchacho... No nos precipitemos...

Pero estaba muy claro que Méconille se contenía. Normalmente no hubiera hablado así. Al resto de los fantoches, por su parte, tampoco les parecía natural. Había algo feo en el asunto.

Cascade había hecho la intentona. Se dejó caer de nuevo en el camastro.

–¿Salimos? –me propuso.

Fuimos a la cocina a pegarnos un atracón, había arroz, y luego salimos.

Yo pensaba que iríamos al Hipérbole, pero no quiso.

–Vamos a ir por la parte del campo.

Caminaba deprisa, a pesar de su pie. Aun así, teníamos que evitar que nos pillaran los gendarmes. Cada vez eran más cabrones. Si no teníamos un permiso en regla era un drama, L'Espinasse tenía que ir en persona a sacarnos de la gendarmería. La bofia inglesa no era mucho mejor, y los belgas aún más hijos de puta. Avanzábamos batiendo el terreno de un escondite a otro, y al final llegamos a la parte del campo, como la llamaba Cascade, detrás de la ciudad. En una palabra, el lado opuesto al frente de guerra. La paz, vamos. Desde ahí casi no se oían los cañones. Nos sentamos sobre un terraplén. Nos pusimos a mirar. Lejos, muy lejos, siempre hacía sol y había árboles, pronto estaríamos en pleno verano. Pero las manchas de las nubes se quedaban mucho tiempo sobre los campos de remolachas. Lo mantengo: es bonito. Los soles del Norte son frágiles. A la izquierda desfilaba un canal dormido bajo los álamos llenos de viento. Se iba zigzagueando a murmurar sus cosas a lo lejos, hacia las colinas, y seguía corriendo hasta el cielo, que lo repintaba de azul antes de llegar a la más grande de las tres chimeneas que despuntaban sobre el horizonte.

Me hubiese gustado hablar, pero me contuve. Prefería que empezara él, después de lo ocurrido el día anterior. El asunto de las cartas también pedía una explicación. No pensaba que hubiera hecho trampas. Era suerte y punto.

En un cercado vimos [a unos hombres] trabajar junto a los monjes, todos viejos. No se preocupaban por nada. Podaban trepadoras. Era el jardín de la casa madre. Entre los surcos, aquí y allá, un campesino elevaba el paisaje con el culo. Escarbaba entre las remolachas.

–En Peurdu-sur-la-Lys crecen enormes –observé.

–Ven –me dijo Cascade–. ¿Vamos a ver hasta dónde llega?

–¿Hasta dónde llega qué? –le dije, naturalmente, sorprendido.

No me parecía muy razonable, en nuestro estado, ir a pasear solo por placer.

–No llegaré muy lejos –dije.

Echamos a andar. Le dábamos la espalda a la ciudad.

–Tenemos que largarnos –dije–. Así nunca podremos volver a tiempo.

No contestó. Yo me decía que no valía la pena ser acusado de desertor ahora que tenía una medalla.

–Un kilómetro más –le dije–, y luego me vuelvo atrás.

Es verdad que además había vomitado dos veces por el camino.

–No paras de vomitar –me señaló Cascade.

No era nada amable por su parte decírmelo. Bueno. No llegamos a recorrer mil metros. Apenas a trescientos metros salió un payaso de una garita, el mosquetón con la bayoneta calada, hecho una furia.

Después de pegarnos unos cuantos gritos nos preguntó adónde íbamos.

–Pues a dar una vuelta por el campo.

No nos arrugamos. Entonces bajó el arma y nos explicó que se esperaba la llegada de una tropa de refuerzo por aquella carretera, y también que los alemanes estaban justo al ras de las colinas en aquel momento, al fondo de la llanura, exactamente en el lugar donde el canal hacía un recodo. Que en menos de tres o cuatro horas empezarían a bombardear y, si nos quedábamos allí, también tendríamos nuestra ración. Que teníamos que largarnos a escape.

Y dicho y hecho, renqueando. O sea que estábamos bloqueados por todas partes. Después de aquellas explicaciones nos replegamos sobre el canal. Cascade, en resumidas cuentas, nos estaba obligando a hacer absurdos movimientos de ronda con sus manías de mierda. Volvemos a la margen del canal. Entonces veo que mi amigo arruga las cejas y se va hacia el agua.

–No me hagas reír –le digo, para intentar frenar esa especie de mierda en la que se está hundiendo desde el día antes, desde la comilona en casa del señor Harnache–. No me hagas reír, no puedes estar seguro de nada, ni siquiera sabes si Angèle de verdad ha hecho lo que dijo y te estás reconcomiendo de mala manera... Con lo pretenciosa que es, estoy seguro de que dijo aquello solo para humillarte ante todo el mundo... y que la carta la lleva en un bolsillo...

Cascade, al oírme, levanta la comisura de la boca, una mueca de desprecio.

–Sí que estás bien enfermo tú, ya puedes decirlo..., eres incapaz de ver que todo encaja.

No entendía nada. Entonces me callo. Tenía mi opinión hecha, eso es todo. Aún me quedaba dinero, veinticinco francos de mis padres, y él seguramente lo mismo de Angèle.

–Voy a buscar morapio –propongo.

–Trae tres litros, te sentará bien.

Eso me dice el muy cabrón.

La taberna estaba a la entrada del canal, hacia la ciudad. Necesitaba un cuarto de hora entre ida y vuelta.

–¿No me quieres acompañar? –le digo.

–No tengo ganas –me dice–. Voy a ver si encuentro un sedal en la esclusa y pesco algo.

Me alejo tranquilamente, pensando en mis cosas. Oigo detrás de mí un gran *¡plof!* en el agua. Aun sin girarme sé qué ha pasado. Me vuelvo. Ese bulto que salpica en la esclusa solo puede ser Cascade. No había nadie más en el canal.

–¿Te has ahogado? –le grito.

No sé por qué. Sería la intuición. Su cabeza sobresalía del agua, y sus manos. No se ahogaba en absoluto. Chapoteaba en el barro. Vuelvo con él. Me río en sus morros.

–No tienes fondo, ¿verdad que no? ¡Pardillo! ¡Tontorrón! No tienes fondo. Estás en la mierda y ya está.

Qué mala pinta tenía Cascade. Por suerte, no había nadie que pudiera vernos, ya era bastante engorroso.

–¿Cómo te vas a ahogar ahí, retrasado, si no tienes fondo? ¡Me hubieses preguntado antes...!

Trepa a la margen cubierta de hierbas, le cuesta bastante por culpa del pie.

–No te habrás ahogado, pero al menos pillarás un buen catarro y una tiritona –le digo.

No rechistaba.

–Vete a buscar ron y déjame en paz.

Mira tú cómo me contesta. Me vuelvo a marchar. Esta vez regreso con un litro entero de ron, uno de cerveza, dos de vino blanco y dos brioches de campeonato. Nos recostamos en un álamo. Nos ponemos las botas. Nos sentimos mejor alimentados y todo.

Cascade se seca.

–Me gustaría pescar.

–Yo no sé.

–Yo te enseñaré.

Ya está, ya llevo una buena. Vuelvo a enfilar la margen del río hasta la taberna para alquilar sedales. Me dan sedales y un bote de gusanos. Volvemos a brindar y nos ponemos a ello. Tiramos los corchos al agua.

Apenas el suyo toca el agua y pilla un lucio enorme, y un cesto de pescaditos. Yo no saco nada, naturalmente. Toda la potra para él. Hacia las cinco no quedaba nada en las botellas. A las seis empieza a oscurecer.

–Tenemos que llevar el pescado –dice.

Otra vez en marcha. Llegamos al Virginal Secours sin problemas.

–Esto es la pesca milagrosa –dice la hermana cocinera, que también se ocupa del correo.

No abrimos la boca. Aun así, en estas condiciones es difícil que dure una borrachera. Con vomitar una o dos veces más ya se te pasa. Estábamos demasiado preocupados, o digamos que precavidos. Teníamos la noche por delante. Una noche que se anunciaba bien densa y bien traidora. Primero la cena, como de costumbre. Cascade que no quiere acostarse. Iba y venía de los retretes a la ventana del pasillo. L'Espinasse, que hacía su ronda en el momento en que la portera ponía el gas a media luz, pasó por detrás de él e hizo como que no lo veía. Después se quedó plantada un momento frente a mí.

–¿Es usted? –le dije–. ¿Es usted?

No contestó. Se quedó todavía un minuto más y luego se deslizó en la penumbra.

Entonces empezó de verdad la noche.

Cascade, en lugar de acostarse, se sentó sobre la cama. Él, que no leía nunca que digamos, se puso a leer. Se alumbraba con una vela. Su vecino estaba molesto, el de delante también, y además había dos que no paraban de gemir y otro que todo el rato quería mear. La enfermera de noche vino a apagar la vela. Cascade volvió a encenderla. Ya eran más de las once. Se había leído todos los periódicos. Buscó algo que leer en la mesa central de la sala. Volvió a alumbrarse. Entonces el artillero marroquí de la cistitis, que estaba frente a la puerta, el que roncaba más fuerte que todos, un auténtico caíd, arrojó el bastón a través de la sala, a la altura de la vela. Cascade se levanta y quiere partirle la cara. Casi acaba en tragedia. Se dijeron de todo gritando a pleno pulmón.

–Bueno –dijo Cascade–, si es así, me iré a leer al retrete y no tendré que ver vuestras caras de rata, si tanto os molesto para que os la meneéis a gusto, pandilla de cagones.

Vaya con lo que dijo. Uno del regimiento de ingenieros, un auténtico RAT[1] que estaba al otro extremo, en plena diabetes, va y se levanta. Le tira el orinal por encima de la fila de veintidós camastros. Rocía a toda la camarilla. El orinal se hace trizas contra una ventana. Suben dos monjas y se hace el silencio. Luego vuelve a empezar el jaleo. Al final, Cascade [se larga]:

–No quiero dormir –dice–. Que os den por culo.

Quiere volver a encender la vela.

1. Réserve de l'armée territoriale, que reúne a los soldados de más edad. *(N. del E.)* Aunque en francés las siglas se leen pronunciando el nombre de cada letra (*eraté*), aquí coinciden con la palabra *rata*. *(N. del T.)*

–¡Eh, que te jodan, cabrón, eh! A ver si es verdad que fusilan a este tipo y deja de jodernos de una puta vez.

Hasta tal punto estaban hartos de él.

Entonces sí, Cascade fue a sentarse en los retretes, porque era el único lugar en que la mariposa quedaba encendida toda la noche.

Debía de ser la una de la madrugada.

–Eh, Ferdinand, ¿no tienes nada para leer?

Fui a buscar la sala de las enfermeras. Sabía dónde escondían los libros, en una sombrerera. Eran *Les Belles Images.*[1] Había volúmenes enteros. Cascade se los llevó todos. Se apasionó, nunca mejor dicho.

–Cierra la puerta –le dije–. Si te encuentran...

Cerró la puerta. Pasaron una o dos horas más. Seguía encerrado en los retretes, yo no me atrevía a levantarme para que los demás no se pusieran otra vez a gritar.

Por fin llegó el amanecer, por encima del tejado de enfrente..., el que tenía una especie de encajes de zinc.

Y luego una voz que hizo que todo el mundo se sobresaltara, una voz muy suave sin embargo, una voz rara para ser de un gendarme, era casi una voz de mujer, pero muy precisa, sabía muy bien lo que quería, en la entrada del pasillo de la sala Saint-Gonzef:

–Aquí está el soldado Gontran Cascade, del 392.º regimiento de infantería, ¿verdad?

–Está en el retrete que tiene al lado, señor gendarme –respondió a pleno pulmón el artillero que tenía la cama junto a la puerta.

La puerta se abrió.

Cascade salió. Oímos las esposas: *tac, tac.*

Había otro policía esperando al fondo del pasillo.

1. Semanario infantil creado en 1904.

No tuvimos tiempo de ver a Cascade por última vez, me refiero a su cara. Todavía estaba demasiado oscuro.

Cuatro días después lo fusilaron en un acantonamiento cerca de Péronne, donde su regimiento, el 418.º de infantería, se tomaba catorce días de descanso.

Los compañeros de cuchitril no paraban de jorobarme con sus hazañas. Desde el momento en que supimos que Cascade había sido fusilado, todos se pusieron a desbarrar hablando de sus proezas. De repente todos eran unos héroes. Parecía que se buscaran excusas por haber sido tan cabrones con él las últimas horas. Lo ensuciaban. No hablaban de él, pero yo veía a las claras que estaban muy inquietos. Escuchándolos parecía que nunca habían sentido miedo en la guerra. Giboune, uno de ingenieros que se cagaba en los pantalones cuando el avión de mediodía pasaba sobre nuestro antro, no paraba de pavonearse sobre su herida de pacotilla. Habían sido necesarias al menos tres ametralladoras para que una bala le atravesara las nalgas. Así como lo digo. Abloucoum, el gumier que tenía forúnculos y no pensaba en otra cosa que en su fístula, aún no había visto balas de verdad, pero eso no le impedía explicarnos que allá en Marruecos había tomado en solitario todo un campamento indígena sirviéndose únicamente de una antorcha y sus propios gritos. Decía que les había dado miedo. Si todos se ponían a desbarrar era a causa de Cascade. A muchos de ellos, aunque no lo quisieran mostrar, la procesión les iba por dentro. Se protegían con patrañas para conjurar la suerte. Yo estaba mejor protegido que todos ellos, gracias a mi medalla y mi mención fantásticas, pero aun así no las tenía todas conmigo. Las experiencias me hacían envejecer un mes por semana. Así es como hay que ir para que no te fusilen en la guerra. Se lo digo yo.

En todo caso, estaban celosos. Y eso que yo no iba enseñándola. Solo me la ponía para salir por la ciudad. Ahora que Cascade ya no estaba no tenía a nadie para sostenerme si el vértigo me hacía perder el equilibrio. No confraternizaba mucho con el resto de los tarados. Todos los de aquel cuartucho empezábamos a ser unos parásitos. Y por mucho que fuéramos una especie de héroes, todos la mar de hipócritas. La prueba es que nunca hablábamos de la L'Espinasse ni de lo que pasaba en el sótano, en el lazareto. Solo soltábamos cosas sin importancia. Tanto los heridos más graves como los más charlatanes ocultaban sus intenciones. Los agónicos no eran sinceros. Vi algunos que hacían el numerito de morirse cuando pasaba L'Espinasse. Es un hecho. Así como lo cuento. Yo me fijaba bien en aquella guarra, con sus velos color celeste, cuando manoseaba a los más deteriorados y se preparaba para unas sondas bien gozosas, y me decía que en el fondo, después de todo, quizá tenía razón. La L'Espinasse, con su forma de ser, me infundía valor. Cuando pasaba por las noches a darme un beso, le pegaba un buen lengüetazo en las encías. Le hacía un poco de daño. Yo sabía bien que era sensible. Empezaba a comprenderla, soy honesto. Significaba que me tomaba cariño. Una noche me susurra:

–Ferdinand, me he reunido con las autoridades de la plaza. En razón de sus problemas auditivos, y mientras no llega el momento de presentarse ante el consejo de caballería, puede ir usted a dormir al pabellón que hay en el extremo del jardín. He hecho que le pongan una cama. Estará más tranquilo que aquí. Nadie le molestará...

Increíble. Comenzaba a conocer a la niña, con sus perfidias incluidas. Era una extraña manera de tenerme aislado en su pabellón. El caso es que me traslado. Le dejo mi sitio a otro.

–No me volveréis a ver, malnacidos. A vosotros os mandarán al frente y yo os zamparé cuando os convirtáis en verdura, enterrados entre las remolachas y las letrinas.

Se partían de risa. Al menos sentido del humor sí lo tenían.

–¡Caraculo, vigila tus tripas, cabronazo, que te vas a tropezar con la medalla!

Devolvían la pelota.

Me mudo. Inspecciono el pabellón. Está correcto. Parecía un lugar sincero, [exactamente] al fondo del jardín. Bien aislado. Nada que objetar. Me llevaban el rancho. Tenía permiso de L'Espinasse para salir de diez a cinco.

Voy por las calles más estrechas. Vomito discretamente bajo los porches cuando me da. Parece ser que el frente ahora está a cuarenta kilómetros, por delante y por detrás. Pienso adónde iría si me escapara. Estoy rodeado de tierra podrida por todas partes, me digo. Habría que poder pasar a un país del extranjero donde la gente no se mate. Pero no tenía salud, ni dinero, ni nada. Estás asqueado, cuando has visto durante meses los convoyes de hombres con todo tipo de uniformes desfilar por las calles como bancos de salchichas, soldados de caqui, reservistas, soldados de azul, de verde manzana, sostenidos por unas ruedecillas que se llevan todo ese picadillo al gran mortero de idiotas. Se marchan directamente, cantan, empinan el codo, vuelven, sangran, empinan el codo otra vez, lloriquean, gritan, todo se ha ido a la mierda ya, una lluvia y el trigo que crece, otros idiotas que llegan en un barco que muge, que tiene prisa por desembarcarlo todo, y vira dando grandes soplidos y nos enseña el culo en el malecón, un barco magnífico que se marcha de nuevo, surcando las olas, para traer a otros... Siempre contentos, los idiotas, siempre de fiesta. Cuantos más machacan, mejor crecen las flores, esa es mi opinión. Que viva la mierda y el buen vino. ¡Y todo para nada!

¿Corría algún riesgo si volvía al Hipérbole? Ninguno. A la niña Destinée ya le enseñaría yo cosas si todavía no las había aprendido. Pero Angèle ya la había ilustrado. Angèle no se había ido de la ciudad, claro que no. Sencillamente, tenía relaciones en el lugar. Yo estaba al corriente. La plaza Mayor estaba cada vez más abarrotada, como una encrucijada de todos los mundos. La gente se amontonaba. Habían tenido que poner pasarelas para cruzar mejor las calles. Cada día había muertos a causa de los bombardeos y la multitud de soldados, pero nunca se habían cañoneado tanto los alrededores. En el mercado era monstruoso. Las flores, sobre todo, la gente se las arrancaba de las manos. Es sensacional lo bien que se venden los ramos durante las guerras. Por muchas razones. Había una sirena, y en caso de alerta aérea todo el mundo, en principio, tenía que refugiarse en los sótanos. Era un espectáculo magnífico. En una ocasión vi a todo un regimiento quedarse en el Hipérbole durante la hora entera que duró la alarma. Cuando se fueron no quedó nada, ni un vaso. Se bebieron hasta el cristal. No me lo invento. Incluso un cañón de setenta y cinco milímetros, del miedo que tenía, subió a casa de un notario, en un primer piso, con sus caballos y todo. Ya lo ven. Para que se hagan una idea de la que se armaba.

Cuando volvía la calma, Angèle bajaba a la calle, la viuda. Al principio no me atrevía a abordarla. Se situaba cerca del estado mayor inglés, como antes. Justo en diagonal desde mi puesto de observación detrás del visillo del Hipérbole. De entrada, Destinée no había entendido nada de la fatalidad que le había caído encima a Cascade. No tenía una naturaleza inclinada a la comprensión. Lloraba sinceramente cuando pensaba en él, pero no sabía muy bien por qué. Continuaba viviendo con Angèle en la misma habitación sobre el café, se habían arreglado así. Y además, Destinée estaba reventada, porque ella sola servía alcoholes y aperitivos a cubos a treinta y cinco mesas, desde las seis y cuarto de la mañana hasta las diez de la noche, el horario reglamentario. Y además, Angèle, que era una perniciosa increíble, lo supe más tarde, aún encontraba la manera de chuparle el coño cuando volvía y la hacía correrse dos o tres veces. Y cuanto más agotada de servir estaba Destinée, más le excitaba a Angèle la idea de hacer que se corriera, y cuanto más difícil parecía conseguirlo, más disfrutaba. La gente está loca.

Bueno, que no era muy moral ir a encontrarme con Angèle después de lo que había pasado, pero no le sorprendió verme. Fuimos a hablar a otro café. No me atreví a hacerle reproches. Ella me provocaba para que los hiciera. Me hubiese gustado que se explicara. Evitaba ese tema de conversación. Me olvidé de Cascade para acercarme un poco y meterle mano. Se dejaba hacer. Me era difícil, porque el brazo me hacía aullar de dolor cuando la estrechaba con fuerza y mi oído se llenaba de ruido hasta explotar cuando se me congestionaba la fisonomía. Aun así, se me empinaba, que era lo principal. Detrás de mis trozos sangrantes me imaginaba su culo bien tenso de esperanza. Veía la vida de nuevo. Buena chica, Angèle. Ella me sentía turgente. Tenía los ojos muy negros y aterciopelados, llenos de dulzura, como en la canción de Cascade, la que ya no cantaría más. Se apoderaba de todo mi corazón. Pagaba todas las copas. Yo no quería pedir más dinero a mis padres. Estaba orgulloso y hastiado.

–Tienes razón –me animaba Angèle.

La vi alejarse cruzando la plaza Mayor. Pasaba entre los batallones en posición de descanso como el mismísimo espíritu de la alegría y la felicidad. Sus nalgas dibujaban un surco de gracia en medio de cien mil kilos apestosos de cansancio hundidos en veinte mil hombres muertos de sed. La plaza olía tan mal que Angèle apresuraba el paso. Luego volvió a ponerse polvos, era su gesto preferido, a suficiente distancia del estado mayor del general V. W. Purcell. Hacia las once, el general salía con sus dos alazanes en un cabriolé amarillo y violeta, a dar una vueltecita hasta las trincheras. Lo conducía él en persona, como si tal cosa. Era un hombre de mundo. Dos oficiales a caballo lo seguían a cierta distancia, el capitán irlandés B. K. K. Olisticle y el teniente Percy O'Hairie, una auténtica muchacha por su distinción y esbeltez.

La especialidad de Angèle consistía en seducir a oficiales ingleses, únicamente británicos, y de clase alta, esa que teme que la vean jodiendo. Tardé un día o dos en comprenderlo. Yo no me atrevía a pedirle que fuéramos a su habitación. Era un asunto delicado. Fue ella quien lo propuso.

–Oye –me dice–, estás muy bien con esa medalla, en serio. ¿Sabes qué se me pasó por la cabeza, anoche, al acostarme con Destinée?... ¿No?... Pues mira, me decía que a ti se te daría muy bien eso, hacer un escándalo..., harás como si fueras mi marido... Ya lo he hecho en París con «Dédé el manitas», siempre funciona.

Dejé que me lo explicara.

–Mira, yo me desvisto, como de costumbre, y dejo que el tipo se frote un poco... Cuando está duro, bien duro, se la chupo... Entonces tú entras de repente en el cuartucho, sin llamar. No cierro con llave a propósito. Digo: ¡Joder, mi marido!... En esos casos, los ingleses, qué te crees, parece que les vaya a dar algo... Uno que me hice en el Olympia se desmayó... Entonces van y te ofrecen dinero. Son ellos, ¿eh?, tú no lo tienes ni que pedir, no hace falta que te molestes, lo saben... Este timo lo hemos hecho más de veinte veces con Dédé, te digo que es pan comido... No hay nada más bobo que un inglés empalmado y [*algunas palabras ilegibles*] forzudos... Parecen idiotas cuando te ven entrar. No saben cómo hacerse perdonar tenerla al aire. Es tronchante. Yo me hago la comprometida. Me pongo a gritar, y me tengo que dar la vuelta para que no vean que me parto. Es todo un número de cine. Ya lo verás. ¿No quieres probar?... No te arrepentirás, pero seré yo quien diga cuánto te llevas...

–Hecho –le dije.

También era porque estaba a favor de la emancipación del hogar. Me había hartado de estar sin blanca, de estar hecho pedazos, desde la cabeza, las ideas, el oído, hasta el ojete, quería repararme de una manera u otra.

–Yo te cuidaré. Te haré joder como nunca... Si te portas como un niño bueno, me comerás el higo como a mí me gusta... Será como si estuviéramos casados. Pero tengo dos años más que tú, así que mando yo...

Sabía echarle intriga cuando escogía sus palabras. Yo la escuchaba y me hacía brincar de alegría la imaginación. No podía aguantarlo más. Donde hay vicio hay placer. Aun así, le dedicaba algún pensamiento pasajero a Cascade, pero en cuanto me daba la vuelta, el pensamiento ya no estaba allí. Todo el presente era para Angèle, para follar. Aquella sería mi salvación. De entrada, no era el momento de deshacerme en escrúpulos. Esta vez no me perdería por esas cosas de la educación. El golpe que me había dejado tan profundamente aturdido me había descargado de un enorme peso de conciencia, el de la educación; como suele decirse, al menos había ganado algo. ¡Ah! Y fijándome mejor, tenía algo más. También estaba hasta el gorro de arrastrarme de un día a otro con el cráneo hecho un erial, y sobre todo de una noche a otra con la cabeza hecha una fábrica, y mis sensaciones en paracaídas. No le debía nada a la humanidad, al menos a aquella en la que uno cree cuando tiene veinte años y está cargado de escrúpulos grandes como cucarachas que merodean entre los espíritus y las cosas. Angèle llegaba muy oportunamente para sustituir a mi padre e incluso a Cascade, que a pesar de todo tenía algo de antes de la guerra, lo digo en serio. Angèle era una hedonista, tenía el gusto por las cosas extranjeras, por los intercambios.

Bueno. Si iba a sustituir a Cascade, tenía que mostrarme a la altura desde el principio, es decir, como un golfo de verdad. Me lo pienso y me arriesgo.

–De acuerdo –le digo–, cuenta conmigo para todo.

Y me lleva a su cuchitril, quiero decir, el de Destinée, para explicarme los gestos que tendré que hacer; o sea, me pone en situación. Tenía que llamar a la puerta que estaba a la derecha de la cama, entre el lavabo y el baúl. Era un ropero, en realidad, y apestaba a sudor. Como habitación era bastante pobre, la verdad, pero eso hacía los encuentros más excitantes, según Angèle.

–Es gente que en su casa ya tienen mucho lujo, ¿me entiendes?

Para darme garantías, se desviste. Era la primera vez que la veía en combinación. Desnuda era del tipo ondulante, y no muy alta, más bien menuda, del tipo delicado, en una palabra, pero resistente. Me doy cuenta enseguida de lo que tiene. Además de los ojos, es esa piel... La luz sobre la piel de las pelirrojas es terrible para uno que va salido. Como espejismo no tiene comparación. Ninguna. De las distintas tías te llegas a defender, aprendes una manera especial de resistirte, en caso de necesidad, a las ondas sobre la piel de las rubias, de las morenas más aterciopeladas, es decir, las más sensuales, las más logradas, es una tentación tocarlas como si fueran la vida misma, a manos llenas, una vida que se resiste un poco, que se queda, es fruta del paraíso, estamos de acuerdo. No tiene límites, pero aun así uno ha desarrollado pequeñas resistencias... Mientras que la pelirroja enseguida te saca el animal. El animal sale, no hace preguntas, ha reconocido a su hermana, está contento.

Pues aquí estoy, chupándoselo a Angèle sobre el jergón. Eso también me hacía zumbar, con grandes pulsaciones. Me creí morir. Pero se corrió a pesar de todo, una vez, dos veces, sin parar. Para ella eso no era nada. Le muerdo el interior de los muslos. Para castigarla un poco. Entonces comienza a divertirse de verdad. Aun así, yo no podía más. Me levanto para ir a vomitar un poco. Finjo que solo es para escupir.

Pero bueno, tenía que aprenderme el truco del armario. Se había hecho tarde. Miramos otra vez hacia la plaza Mayor, que no dejaba de vivir, ella también, su vida de carne circulante entre las alertas de las sirenas. Había luz en el estado mayor inglés. Aunque estaba prohibido.

–Mañana no te olvides de estar aquí a la una. Te esperas en el cuarto a que yo me traiga a uno. No tienen que vernos juntos en la calle. Cuando oigas pasos en la escalera, te escondes y miras por la cerradura. Cuando yo esté en cueros y el tipo en posición, llamas y entras de golpe, con cara de sorpresa... El resto irá solo, ya lo verás.

Me apresuro a volver a mi pabellón. Era bastante inquietante también esa manera de estar aislado al fondo del jardín. Había tantas cosas que temer que no podía hacer muchos planes. La L'Espinasse vino a cambiarme las vendas y a ponerme gotas en los oídos. Cuando se fue soplaba el viento, llovía y los perros aullaban. Son situaciones que hay que imaginarse.

Me agarré a la almohada para dormirme. Siempre tenía que hacer un esfuerzo tremendo para no ceder a la angustia de no volver a dormir nunca más, por culpa de los zumbidos que no se acabarán nunca más, solo cuando me muera. Lo siento. Ya sé que insisto, pero es la melodía que me ha tocado. Da igual, no nos pongamos tristes. Al día siguiente, decía, estaba allí, dentro del armario, quiero decir, entre el baúl y el lavabo. No esperé demasiado, quizá una hora, hasta que oí una voz suave y bien timbrada, como suele decirse. Echo una ojeada. Es un escocés, se quita la faldita, se queda rápidamente en cueros. También es pelirrojo, y musculoso como un caballo. Empieza despacio, sin hablar. Parece un alazán sobre ella. Es muy sencillo. Al paso, al trote, al galope, y luego salta el obstáculo, una sacudida, otra, sin violencia, la jode que es una maravilla. La destruye de tal manera que ella hace muecas. Ya había dicho que era frágil. Mira hacia el armario. ¿Eh?, ¿eh?, me hace con la boca.

Las muecas aumentan. Pero no puede evitar correrse, y él también. Entonces le comprime las nalgas con tanta fuerza que parece que toda ella va a remontarle el vientre, de tan fuerte que la aprieta.

Sus manos me fascinan mientras trabaja, son como ganchos sobre la piel de Angèle, ganchos bien desplegados, musculados y peludos como todo lo demás. Tendría que haber salido del armario y hacerme el indignado en aquel momento, era mi ocasión. Sobre todo porque después de eyacular esperó un buen rato, siempre en silencio, con el pene expuesto, resoplaba como alguien que ha corrido demasiado. ¿Cómo habría reaccionado?

Y apenas recobró el sentido, volvió a montar a la niña Angèle. Ella todavía resoplaba. Volvió a dárselo todo. Ella apenas reaccionaba, tan potente era el escocés. Hasta el fondo de mi armario llegaba el sonido de los cañonazos lejanos, ahora desde ambos lados de la ciudad. Yo estaba empalmado. Y zumbaba. Casi me ahogaba, allí metido en mi caseta, sobre todo agachado como estaba para poder verlos. Me preguntaba si al final no iba a matar a la niña con los golpes que el forzudo le metía entre las piernas. Qué va. Ella se dejaba llevar como si fuera un paquete. Era elástica. Apenas gemía un poco. El escocés se la puso sobre el vientre, él sobre la espalda, quiero decir. Angèle estaba pálida. Yo estaba tan fascinado por el espectáculo que no me di cuenta de que me apoyaba demasiado fuerte contra la puerta y esta se abrió de golpe sobre toda aquella fiereza, ahí, justo encima. Me dije que aquello acabaría mal. El forzudo seguro que me oye... Qué va. Ni se inmuta. Continúa machacándose a la Angèle. Aun más fuerte, quizá porque lo estaba mirando. Confieso que me desconcentro. La niña estaba bajo el tipo peludo completamente desnuda, casi inconsciente. Ya no reaccionaba. Se dejaba empujar con un ronroneo. Eso es un hombre que no ha jodido desde hace meses. *¡Hop!* Todavía le metió un rato más de galope. Ella intentaba librarse de él para gritar. Él la asfixiaba con la boca. Por fin se corrió otra vez de manera brutal a causa de las lágrimas, crispando las piernas como si le hubiesen clavado algo en el culo.

Creí que iba a matarla con aquella manera de correrse. A ambos lados de las nalgas, la niña tenía unos surcos enormes. Luego se fue relajando poco a poco hasta quedar como muerto él también y se quedó muy blando, al menos tres minutos sobre ella. Yo no me movía. Él gruñó y luego miró hacia mí y me sonrió muy amablemente. Para nada enfadado. Pone un pie en el suelo y en un momento se viste junto a la ventana, siempre sin hablarme. Mete la mano en el bolsillo, saca una libra, la mete en la mano de la niña, que sigue aturdida, tendida sobre la espalda, intentando recobrar el sentido.

Cuando siente la libra en la mano, lo recobra y nos mira a los dos. Estaba sorprendida. El escocés ya se había vestido con la falda, el talabarte y el bastoncillo. Estaba muy contento. Se inclina para besarla, la besa y se va sin decir nada. Cierra la puerta con suavidad. Un tipo despreocupado. A Angèle le costaba ponerse en pie. Se palpaba el bajo vientre con las dos manos. Avanzó con precauciones hacia el bidet para lavarse la vulva. Seguía suspirando, yo también.

–Ha sido como una tormenta –le digo, yo siempre tan poeta.

–Es posible –responde–, pero tú eres idiota de remate.

No había réplica posible.

–Mañana –me dice–, no te esperarás en el trastero. Te apostarás en la esquina de enfrente, en la terraza del Hipérbole, y te fijarás en la ventana esperando que yo corra la cortina, ¿lo verás bien? Entonces subes. No llames a la puerta. Abres de golpe. ¿Lo has entendido?

–Sí –le digo.

–Entonces ahueca.

Intento besarla.

–Toma, cómete su lefa.

Se sacaba la mano llena... No insistí, pero no quería ofenderla, no me lo podía permitir.

Tampoco pasé buena noche. Me preguntaba cómo reaccionaría Angèle si volvía a cagarla en la estafa al cliente. Angèle era toda mi esperanza.

En Peurdu-sur-la-Lys ahora tocaba evacuar enfermos y heridos, sobre todo los que ya podían caminar. La ciudad no era segura. En la plaza Mayor el vértigo era continuo a causa de las explosiones. El abrevadero había sido destruido. El lugar estaba tan localizado[1] que los regimientos de paso se afanaban por encontrar refugio, se precipitaban por los callejones como si fueran a apagar un incendio. Había momentos de pánico peores que en las batallas, y además mucha juerga, porque los cafés no cerraban hasta el último minuto. Vi a un tipo, un zuavo, llegar al Hipérbole y aterrizar en la barra empujado por una marabunta de soldados que se apretujaban bajo las arcadas a causa de un obús. ¡El tipo solo tiene tiempo para pedir una copa de blanco! Luego cae redondo. Conseguido. Todo el mundo grogui entre las mesas. Había que beber rápido. Y podría seguir.

Al día siguiente, a la una, con bastante adelanto, me apuesto donde me había dicho Angèle. Espero los acontecimientos. Por casualidad todo estaba casi tranquilo. El paso de dotaciones infinitas, la sed y el polvo de los convoyes incesantes, la agitación de los camioncitos que se llevan a los ejércitos al fondo de las guerras, con las ruedas temblorosas, una cadena que cae, dos jamelgos que tropiezan a la vez, dos mil trescientos ejes que gimen pidiendo grasa, con ese eco de granizo que llena la calle hasta que

1. En lenguaje militar significa que el enemigo tiene la zona a tiro y puede desencadenar bombardeos con eficacia.

no ha pasado. [*Frase difícilmente legible.*] Pasa una hora. Angèle no habrá encontrado cliente. Ha pasado la hora de la siesta, que es cuando el inglés jode más a gusto. Por la noche está demasiado borracho. Aun así, iba saliendo mucha gente del estado mayor inglés, gente bien alimentada. Gordos, viejos, jóvenes, de todo, a caballo, a pie, incluso en automóvil. ¿Y si simplemente me ha sacado del plan?, me preguntaba.

Destinée se me acerca. Tampoco ahora entendía nada. No le doy explicaciones. Me hace carantoñas. Ya vale.

Bueno. La cortina se mueve, no me puedo equivocar. Me doy toda la prisa que puedo. Había tomado una gran resolución. Prohibirme los vértigos. Un piso. Dos pisos. No llamo a la puerta. Le doy un buen golpe. El tipo que estaba en la cama sobre Angèle da un salto. Era un viejo, solo llevaba un calzón caqui. Se había quitado lo de arriba. Llevaba el espanto inscrito en la cara. Yo también. Estábamos espantados los dos. Angèle se partía de risa.

–¡Es mi marido! –le decía desternillándose–. ¡Es mi marido!

Se esconde el rabo enseguida. Temblaba de arriba abajo. Yo también. Estaba demasiado espantado para darse cuenta de que aquello era un simulacro. Su miedo alimentaba mi descaro.

–Money! Money! –le digo entonces–. Money! –temblando y envalentonado por [*una palabra ilegible*].

Y la Angèle que insistía:

–¡Mi marido! ¡Sí, mi marido! My husband! My husband!

Estaba toda despatarrada en la cama, gesticulando como una idiota. Exageraba el band de husband, una palabra que acababa de aprender.

–Este es pacífico. Atízale en la cara, Ferdinand –me animaba en buen francés.

Es cierto que para un debutante como yo era un regalo. Los días se suceden y no se parecen. Tomo impulso, un izquierdazo no muy fuerte. Le doy en la mejilla. En el fondo, me da miedo hacerle daño.

–Pero ¿qué haces, idiota? ¡Pégale! –me dice Angèle.

Vuelvo a empezar. Era fácil, no se defendía. Tenía el pelo blanco, por lo menos tendría cincuenta años. Ahora le doy uno más consistente en toda la napia. Sangra. Entonces Angèle cambia de disco. Se pone a llorar. Se le echa al cuello.

–Protégeme, protégeme –le susurra–. Tómame ahora. Jódeme ahora –me dice a mí en secreto–, cabezota. Jódeme.

Dudo.

–Haz lo que te digo, maricón. Sácate la picha.

Me la saco. Pero ella todavía tiene al tipo agarrado por el cuello. Lo abraza, yo la abrazo. Se coloca para que se la meta. Le llora al tipo en la cara. Se corre a lágrima viva. El tipo tenía sensaciones de todos los colores, hay que decirlo. Se sujetaba la nariz. Ella le hurgaba en la bragueta. Resoplábamos los tres.

–Ahora dame de bofetadas –me ordena.

Eso sí que lo hice con ganas. Le meto media docena como para tumbar a un asno. Entonces él se cree que vuelve a empezar el asesinato.

–¡No! ¡No! –dice.

Salta hacia el bolsillo de su capa, que está en la silla. Me enseña sus monises, un buen puñado de billetes.

–No los cojas –me dice Angèle–. Vístete y ahueca.

Me abrocho y me ajusto la ropa. Y va él e insiste, que sí, que los coja. No podía oír qué me decía. Zumbaba demasiado. Me voy al cubo del lavabo para vomitar. Me ayuda, compasivo. Me aguanta la cabeza, sin rencores.

Angèle hablaba inglés. Le explicaba:

–My husband. His [honor], ¡puesto enfermo! ¡Enfermo! Sick!...

Yo me tronchaba de risa vomitando. Era un tipo velludo, el cliente, hasta los hombros. El pecho todo gris, a decir verdad. No sabía adónde mirar, naturalmente.

–¡Perdón! ¡Perdón! –me rogaba.

Salí sin concedérselo, dignamente, vaya. Me esperé una media hora en la escalera. Y luego volví a mi cuartucho, no podía esperar más. No me aguantaba de pie. Ojalá funcione, me decía.

Después de la cena Angèle vino en persona, sonriente. Me tranquilizó mucho.

–¿Cuánto te ha dado? –le digo.

–No es asunto tuyo –me dice–, pero todo está en orden.

Me di cuenta de que estaba pálida.

–Para empezar, el inglés no es lo que parece, ¡es un hombre que vale mucho más que eso!

–¡Ah! –le digo–, ¿y cómo lo has descubierto?

–Hemos hablado, eso es todo.

Me daba a entender que yo no entendía las finezas.

–¿Y? ¿Qué has decidido?

–¡Pues bien! ¡En cuanto te has marchado le he dado a entender que eres un mal bicho! ¡Que me martirizas! ¡Que eres celoso y depravado hasta decir basta! Y luego le he ido dando detalles, él quería saberlo todo... Entonces he querido saber si es rico de verdad. No te creas que es tan fácil estar seguros. Cuando se trata de tela, siempre mienten. Pero tengo que saberlo antes de decidir si me reservo para ese imbécil, porque figúrate que enseguida me ha propuesto llevarme con él a Inglaterra...

–¡Mira tú!

–Y además allí me quiere mantener. ¿Cuántos años le echas?

–Cincuenta, ¿no?

–Cincuenta y dos, me ha enseñado todos sus papeles, todos. Se lo he hecho enseñar todo. Es engineer... Está en el cuerpo de ingenieros... En realidad es ingeniero, y mejor que eso, tiene tres fábricas en Londres, eso es lo que es.

Ya veía yo que Angèle estaba muy contenta, pero también veía que se iba a largar en serio.

–¿Y yo qué?

–¡No te guarda rencor, eh, [pichita]! Le he hecho comprender que en el fondo eres un buen tipo, aparte de tus grandes defectos y tu violencia, que eso te viene de la guerra, que había que perdonarte porque estás francamente tocado del oído y de la calabaza y que eres el más valiente de tu regimiento, la prueba es que tienes una medalla. Quiere verte otra vez... También quiere hacer algo por ti...

–Joder.

Ya no entendía nada.

–Mañana a las tres nos encontramos todos en la taberna que está a la salida del canal, ya sabes, en la esclusa. Venga, hazte una buena paja, adiós, no quiero hacer esperar a Destinée, por la noche tiene miedo y cierra la puerta de abajo.

Y se larga.

Todavía faltan quince horas para la cita, me digo. Prefiero no salir de casa. Sentía el destino a mi alrededor como una cosa tan frágil, que eran como crujidos en el piso de madera, en los muebles, cuando me movía por el cuartucho. Al final dejé de moverme. Esperaba. Hacia las doce oigo un frufrú de telas en el pasillo; era L'Espinasse.

–¿Está usted bien, Ferdinand? –me pregunta desde detrás de la puerta.

¿Voy a contestarte?, me pregunto. ¿Voy a contestarte? Y con una vocecilla casi dormida:

–Estoy bien, señora –le digo–, estoy bien...

–Entonces, buenas noches, Ferdinand, buenas noches.

No entró.

Al día siguiente en el canal, paso por delante de la terraza, cerca del cafetucho. Dejo atrás la esclusa y me pongo a esperar detrás del álamo, a cincuenta metros, invisible. Observo. No quiero exponerme. Primero ver. Espero. Comenzaba a saber utilizar la naturaleza, que es una cuestión de espera. Ella llega la primera y se instala. Pide una absenta con anisete. Es curioso, las modas del año 14 no han durado mucho. En el año 15 ya eran lo contrario. Un sombrero de campana que parecía un casco, que se hundía hasta los ojos con un velo que todavía se los hacía más grandes, no veías otra cosa en su cara. Esos ojos me atormentaban incluso de lejos. Era indiscutible que Angèle tenía influencia sobre las partes misteriosas del alma, como suele decirse.

Llegó el imbécil, el «inyenir» inglés, tranquilamente, por el camino de sirga. Tenía barriguilla, en realidad. Vestido, era curioso, se le notaban más los cincuenta años que en cueros.

Llevaba el mismo uniforme caqui que los otros, el engineer, y además debía de ser del estado mayor, porque llevaba una banda roja en la gorra, y el arnés, naturalmente, y unas botas que debían de costar cincuenta francos.

Se sienta frente a los ojos de Angèle y se hablan. Cuando ya se han hablado un rato, me acerco cojeando, para hacerme el herido. Lo miro con frialdad y él tiene un aspecto muy correcto, incluso francamente indulgente.

Nos instalamos. Me pongo cómodo. Me mira con ternura, puedo asegurarlo. Angèle también. Me siento un poco como si fuera su hijo. Pedimos cuatro botellines de cerveza y una comida completa para mí. Los dos me malcrían. Cuando pienso que fue justo enfrente que vi a Cascade intentando ahogarse. Traigo ese recuerdo de mi limo. Lo escondo. No digo nada. Me parece que esta Angèle es bastante olvidadiza. El comandante me pregunta mi nombre. Se lo digo. Él me dice el suyo. Cecil B. Purcell se llama, comandante Cecil B. Purcell K. B. B. Me da su tarjeta, está escrito. Es del cuerpo de ingenieros, lo pone en otro papel. Lleva la cartera llena a reventar de billetes. Los miro con codicia. Con lo que estoy viendo hay como para dar la vuelta al mundo doce veces y que no te encuentren nunca más.

–Escucha bien, Ferdinand. Quiere llevarnos a los dos a Inglaterra, el titín.

Así es como lo llama desde ayer tarde, el titín.

Y él venga a mirarme, hasta que se le empañan los ojos. Vamos, que me quiere. Ella lo mira quererme. Hemos topado bien, no nos hemos equivocado.

El hermoso sol de las grandes ocasiones resplandece sobre las márgenes del canal. El verano nos festeja, nos acoge en sus ardores.

Otro botellín. Se me desea lo mejor por todas partes. Nos farfullamos los tres en ese calorcito, acariciándonos los hombros, gozando del afecto de una hermosa amistad. Tartamudear se me ha hecho fácil y natural, de lo borracho que estoy. No tengo más que dejarme llevar por mis fenómenos y mis pequeños recuerdos personales, es muy fácil. En menos [de] un dos por tres me encuentro trasladado a un mundo irreal con mi torrente de música a presión.

K. B. B. Purcell me acaricia el cabello. También se divierte. Todo va bien. Pero Angèle no abandonaba su posición, ni mucho menos.

–Espabílate, Ferdinand –me susurra al levantarnos–, en dos días nos las piramos. Dile a tu zorra que quieres que te den la convalecencia en Londres, que el comandante es de tu familia, que se va a ocupar de ti.

Quedamos así.

Es cierto que tenía todos los elementos. Inglaterra no es que me recordara precisamente circunstancias favorables, pero aun así era mejor que lo que me habían [hecho] sufrir desde entonces.

–¡Hecho! –digo.

Yo también me siento contento, soy yo quien los conduce a los dos. Llegamos hasta la sirga del bracito, sosteniéndonos mutuamente. No vamos muy lejos. Purcell va entre los dos. Nos dejamos caer en el terraplén cubierto de hierba. Desde aquí se ve muy bien la esclusa desde la que Cascade... En fin... Su canción me viene a la boca:

Sé muy bien...
Que es usted hermosa...
Que sus grandes ojos llenos de dulzura...

A Purcell le gustaba oírme cantar. Le gustaba todo de mí. Me partía el corazón. Solo conseguí llegar a dos estrofas. Purcell quería aprendérsela entera, que se la escribiéramos.

Y aquellos putos cañonazos que no se terminaban nunca. Cuando se callaban, me los reproducía para mí solo. Todavía hoy puedo darme cañonazos perfectamente imitados. La velada llegó a su fin.

–Bésala –le dije a Purcell al separarnos–, bésala.

Y no puedo decir que no fuera sincero. Hay sentimientos que deberíamos cultivar más, estoy seguro de que renovarían el mundo. Somos víctimas de los prejuicios. No nos atrevemos, no nos atrevemos a decir ¡Bésala! Y sin embargo, eso lo dice todo, dice toda la felicidad del mundo. También era la opinión de Purcell. Nos despedimos como amigos. Aquel hombre era mi porvenir, mi vida nueva. Al volver se lo expliqué todo a L'Espinasse. Fui al Virginal Secours ex profeso. Me puso muy mala cara. Entonces cambié de tono... En aquel cuartucho me defendí por primera vez en mi puta existencia. No tenía tres horas que perder.

–Lo necesito –le dije–. O me lo da o me voy a las autoridades de la Plaza a decirles que se la chupa a los muertos.[1]

No tenía testigos. Era pura jeta. L'Espinasse podría haberme llevado ante el tribunal militar acusándome de injurias. Ninguno de aquellos tarados de la sala Saint-Gonzef habría testificado a mi favor. No habían visto nada. No sabían nada, seguro. Para empezar, me odiaban por mi medalla de mierda y mis libertades adquiridas.

–Si no me consigues seis meses de permiso, ¿me oyes?, seis meses de permiso enteros, yo no tengo nada que perder..., tan cierto como que me llamo Ferdinand que te voy a buscar allí donde te encuentres y te meto el sable en las tripas que no te lo van a poder sacar. ¿Me explico?

Además, lo hubiera hecho. Tenía que defender mi porvenir.

–¡Y para Inglaterra! –añadí–. ¡Para Inglaterra!

–¿No estará pensando, Ferdinand, en...?

–Lo pienso. Lo pienso. No pienso en otra cosa.

–¿Y qué hará allí, Ferdinand?

–Ocúpate de tus tetas –le contesté como Cascade.

1. Céline tachó estas últimas siete palabras, que hemos restablecido para una mejor comprensión.

Era una manera extraña de hablar, pero aun así llegó a buen puerto.

Dos días después salí en dirección a Boulogne, con una estupenda hoja de ruta. En la estación no me fiaba. Durante el embarque no me fiaba. Era demasiado hermoso. Incluso mis ruidos de tortura me resultaban excitantes. Nunca había oído nada tan particularmente magnífico como la sirena del barco a través de mi barullo. El barco estaba allí, en el dique, para mí. El monstruo resoplaba. Purcell y la niña habían llegado a Londres aquella mañana. En Londres no había guerra. Casi ni se oían los cañones. Apenas, es decir, uno o dos *bums* muy de vez en cuando, muy apagados, más lejos que el último [chapoteo] de la línea de flotación, más lejos que el cielo, se podría decir.

A bordo había muchos civiles, eran tranquilizadores, hablando de esto y lo otro como antes de que nos condenaran a muerte. Colocaban sus cosas cómodamente para la travesía. Es algo extraño y conmovedor un barco, otra vez la sirena, el buen, el hermoso, el gran barco. Toda su carcasa temblequeó, más bien, se estremeció. La superficie de la dársena también se estremeció. Nos deslizamos a lo largo de los malecones negros de [*una palabra ilegible*]. Llegaron las olas. *¡Hop!* Nos subimos encima. *¡Hop!...* ¡Más fuerte!... Y bajamos. Llovía.

Yo tenía setenta francos para el viaje, me acuerdo. Agathe me los había cosido en el bolsillo antes de partir. Una buena chica, Agathe, después de todo. Volveríamos a vernos.

Los dos malecones se volvieron minúsculos, por encima de las espumas cabalgantes, apretados contra el faro. Al fondo, la ciudad se empequeñecía. También se fundió en el mar. Y todo basculó en el decorado de las nubes y la enorme espalda del mar. Aquella cabronada se había terminado, la tierra de Francia había [esparcido] todo su paisaje de estercolero, había sepultado sus millones de asesinos purulentos, sus bosquecillos, sus carroñas, sus ciudades multirretretes y sus hilos infinitos de obuses de miriamierda. Ya no quedaba nada, el mar se lo había tragado todo, lo había cubierto todo. ¡Viva el mar! Ni hablar de volver a vomitar. Ya no podía más. Tenía en mi propio interior todos los vértigos de un barco. La guerra también me había dado un mar para mí solo, un mar gruñidor, bien ruidoso, en mi propia cabeza. ¡Viva la guerra! La costa se acabó, tal vez un pequeño ribete, muy fino, muy cerca del final del viento. A la izquierda del pontón, a lo lejos, todavía estaba Flandes, pero ya no se veía.

A Destinée, de hecho, no la he vuelto a ver. Ni siquiera he vuelto a tener noticias suyas. Los dueños del Hipérbole seguramente hicieron fortuna y la echaron. Es curioso, hay seres así, van cargados, llegan del infinito, te plantan delante su gran petate, como en el mercado. No desconfían, desembalan su mercancía de cualquier manera. No saben cómo presentar bien las cosas. Tú seguramente no tienes tiempo para interesarte por sus asuntos, pasas de largo, no te giras, también tienes prisa. Deben de ponerse muy tristes. ¿Qué hacen? ¿Recogen sus cosas? ¿Desperdician? No lo sé. ¿Qué se hace de ellos? No lo sabremos nunca. ¿Lo intentan otra vez, hasta que ya no les queda nada? Y entonces, ¿adónde van? Desde luego, la vida es inmensa. Te pierdes por todas partes.

Apéndices

MANUSCRITO: HOJAS SELECCIONADAS

10

Pas tout à fait. J'ai bien dû rester là encore une
partie de la nuit / suivante. Toute l'oreille à gauche
était collée par terre avec du / sang, la bouche aussi.
Entre les deux y avait un bruit immense. J'ai dormi
dans ce bruit et puis il a plu. Kersuzon à côté était tout lourd
tendu sous l'eau. J'ai remué un
bras vers lui. L'autre je pouvais plus. Je ne savais
pas où il était le bras. Il était [illegible] en l'air
très haut, il tourbillonnait dans l'espace et
puis il redescendait me tirer sur l'épaule, dans ce qui
[illegible] à la viande. Je [illegible] un [illegible] à chaque coup et
puis c'était pire [illegible] j'arrivais à faire moins de bruit
[illegible] de l'horreur [illegible] qui se [illegible] la tête
l'intérieur comme un train [illegible] C'est la première
fois de cette [illegible] que j'ai dormi dans tout le bruit
dans tout [illegible] perdre conscience c'est à dire
[illegible] les heures où on m'a opéré. J'ai toujours
dormi ainsi dans le bruit atroce depuis Décembre 14.
J'ai attrapé la guerre dans ma tête.

«Atrapé la guerra en la cabeza.» Manuscrito de *Guerra*, primera hoja.

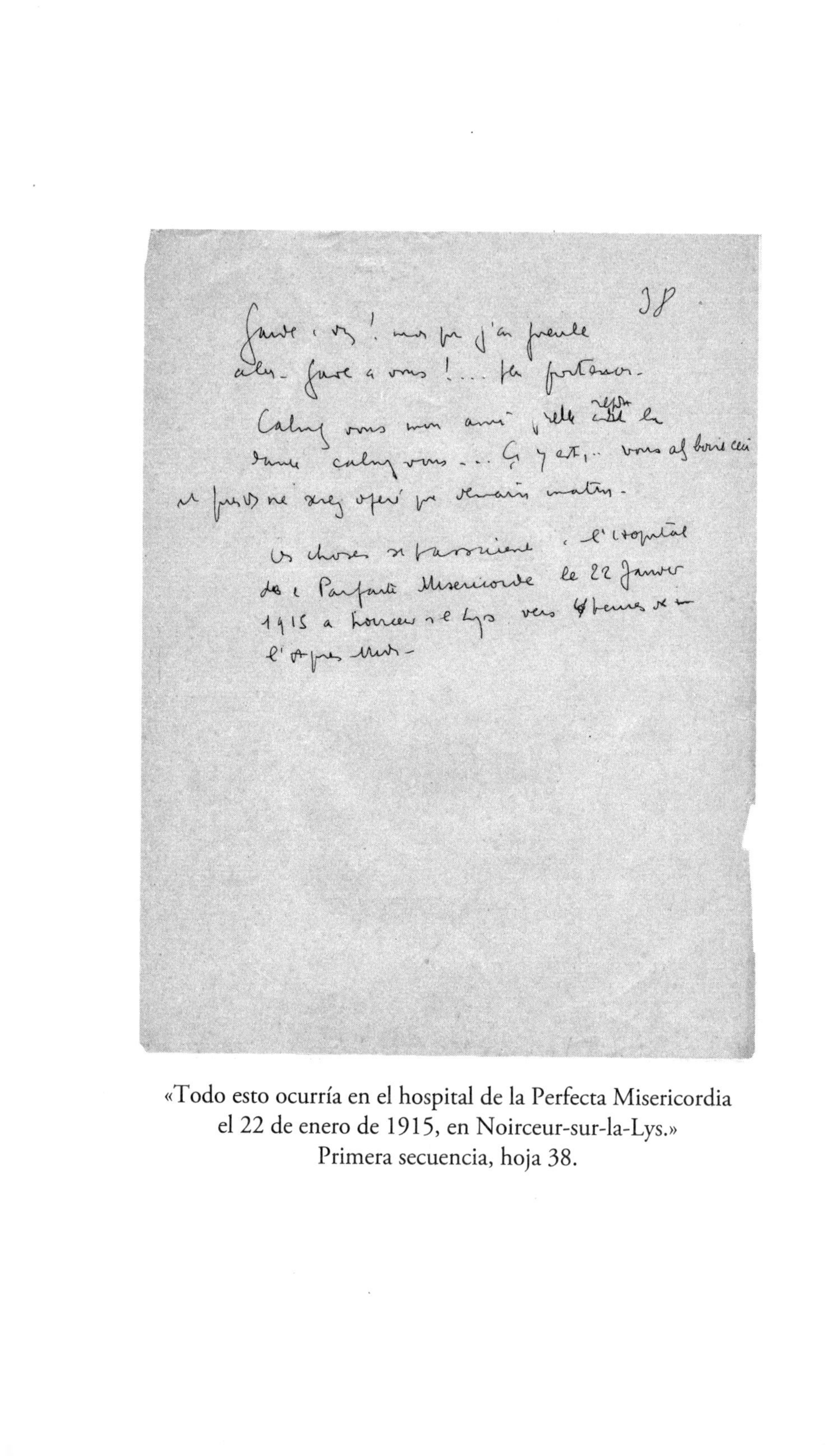

«Todo esto ocurría en el hospital de la Perfecta Misericordia
el 22 de enero de 1915, en Noirceur-sur-la-Lys.»
Primera secuencia, hoja 38.

1

Question d'être sonné on pouvait pas mieux. Justement j'avais [illegible] resté quand même presque [illegible] C'est seulement [illegible] deux jours sans tant [illegible] dans la prairie en contrebas où je m'étais laissé [illegible] du wagon.

Je déconnais toujours c'est certain. À l'Hôpital ils m'ont mené [illegible] Ils ont réfléchi d'abord avant de choisir. Ils savaient plus si j'étais belge ou bien anglais, français ils hésitaient aussi tellement je m'étais [illegible] [illegible] tout [illegible] en cours de route. J'aurais pu être allemand ils n'auraient rien vu. Et puis y en avait partout des ambulances à Peronne et des hôp. C'était une ville petite mais à la frontière juste pour recevoir les troupiers de toutes les batailles. On m'a posé une étiquette et le livre [illegible] finalement j'ai échoué au St Virginal Secours rue des Trois Capucins qu'était [illegible] par des dames de la société en plus des bonnes sœurs —

«Imposible estar más sonado.»
Segunda secuencia, primera hoja.

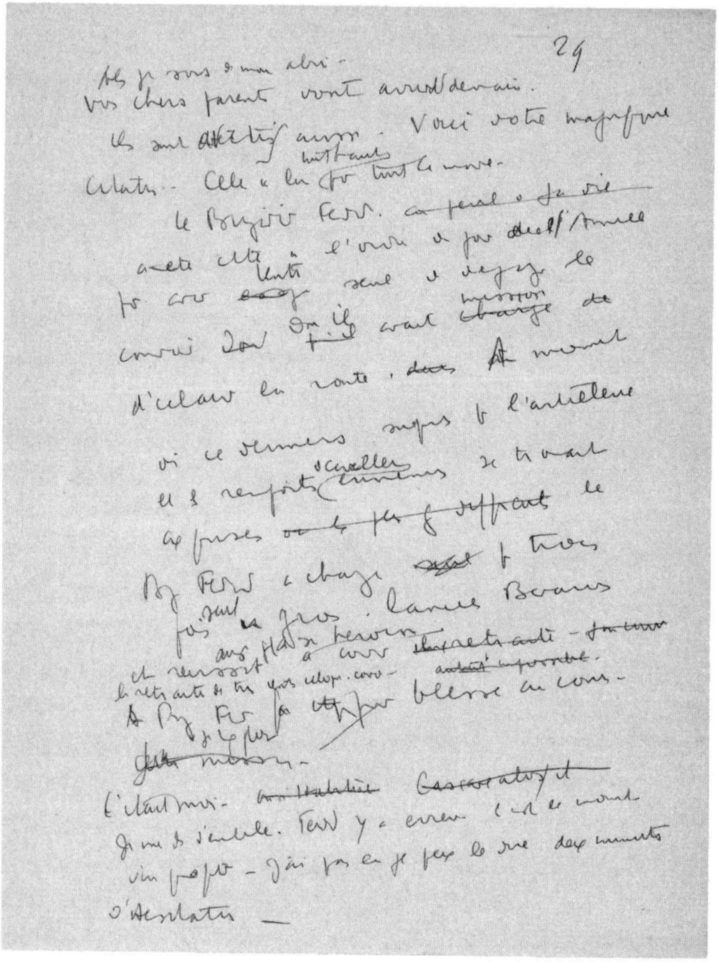

«El cabo Ferdinand ha recibido una mención honorífica en el orden del día del ejército por haber intentado, en solitario, despejarle el camino a un convoy.»
Tercera secuencia, hoja 29.

3

A tant d'années passées le souvenir des choses,
bien précisément, c'est un effort. Ce que les gens ont dit
~~pourtant~~ c'est presque ~~tous~~ ~~faut~~ des mensonges. Faut se méfier.
C'est putain le passé ça fond dans la rêvasserie.
Il prend des petites mélodies en route qu'on lui demandait
pas. Il vous revient tout maquillé de fleurs et de
repentirs en vadrouillant. C'est pas sérieux. Faut
demander alors du vif secours à la bite, tout de suite,
pour le retrouver. Seul moyen. Bander un coup
féroce mais ne pas céder à la branlette. Non. Toute
la force remonte au cerveau, comme on dit. Un
coup de putain, mais vite. Il en baise le passé, il
se rend, un instant, avec toutes ses couleurs, ses
noirs, ses clairs, les gestes mêmes précis des gens du
souvenir tout surpris. C'est un saligaud, toujours
savoir d'oublier le passé, et sournois qu'a trompé
toutes vos vieilles affaires, rangées déjà, empilées
c'est à dire, sépulcrales, tout au bout râleux des jours,
dans votre cercueil à vous, la mort hypocrite —
Mais après tout c'est mon affaire. Voilà donc la
réalité comment les choses se sont arrangées,
ou plutôt défaites, une fois qu'a ... l'Hôpital

«Es un cabrón, el pasado, se mezcla con la ensoñación.»
Quinta secuencia, primera hoja.

10

[illegible] [illegible] le [illegible] et Joyce l'inspiration –
Je me tenais [illegible] ~~[illegible]~~
~~[illegible]~~ Tant qu'il y a de la ~~[illegible]~~ vie y a du plaisir.
J'donnais [illegible] même une petite pensée au
père Cascade et puis je me retournais et elle
[illegible] petite pensée. Tout [illegible] Angèle. [illegible]
[illegible] ~~[illegible]~~. D'ailleurs c'était pas le moment de ~~[illegible]~~
~~[illegible]~~ me dissoudre en ~~[illegible]~~ [illegible] scrupules. Cette
fois-là j'y [illegible] plus. Le coup qu'il voit
tant [illegible] ~~[illegible]~~ qui m'avait comme déchargé
d'un énorme poids. Conscience. Elle même a bien
regardé [illegible] J'avais assez [illegible] me
~~[illegible]~~ porter d'un pied à l'autre [illegible]
[illegible] ~~[illegible]~~ [illegible] j'une [illegible] à l'autre [illegible]
ma tête [illegible] usine ~~[illegible]~~ et mes sensations de parachute –
Je devais plus rien à l'humanité. Au moins celle
qu'on croit quand on a vingt ans [illegible] scrupules comme
[illegible] qui [illegible] ~~[illegible]~~ entre
[illegible] esprit [illegible] choses. Angèle elle [illegible]
[illegible] remplaçait ~~[illegible]~~ mon père le même Cascade
[illegible] [illegible] quelque chose d'avoir [illegible]
[illegible] –

«No le debía nada a la humanidad, al menos a aquella en la que uno cree cuando tiene veinte años.»
Sexta secuencia, hoja 10.

GUERRA EN LA VIDA Y LA OBRA DE LOUIS-FERDINAND CÉLINE

«Atrapé la guerra en mi cabeza.» Por sí sola, esta última frase de la primera hoja del manuscrito recuperado de *Guerra* resume lo que esta representa a la vez en la vida de Louis Destouches y en la obra de Louis-Ferdinand Céline. Durante toda su vida, el médico y el escritor repetirá que padece las secuelas de una herida en la cabeza que sufrió cuando efectuaba una misión para su regimiento el 27 de octubre de 1914. En cuanto a las repercusiones de la Primera Guerra Mundial en el conjunto de su obra, incluidos sus polémicos escritos, han sido objeto de numerosos estudios. Esta confesión: «Ahora ya estoy entrenado. En veinte años, algo se aprende. Tengo el alma más dura, como un bíceps. Ya no creo en las aptitudes», nos permite pensar, incluso si tenía veinte años cuando se produjeron aquellos acontecimientos, que escribe veinte años más tarde, es decir, en 1934.

Si bien no pone en escena al coracero en combate, *Guerra* comienza con su héroe Ferdinand que se despierta, herido y único superviviente, en medio de sus compañeros muertos. Errando por el campo, se cruza con un soldado inglés con el que trata de alcanzar la ciudad de Ypres. Después de desmayarse, se despierta en un primer hospital de campaña, una «ambulancia», como se decía en la época, instalada en una iglesia que pronto será bombardeada. Es transportado en tren a un segundo hospital militar, en una ciudad llamada Peurdu-sur-la-Lys, donde será operado. La estancia allí de varias semanas ocupa la mayor parte del relato y concluye con su embarque con destino a Londres gracias a una prostituta, viuda de un compañero de habitación que acaba de ser fusilado. Conoceremos la continuación de sus aventuras en *Londres*, otro de los manuscritos recuperados.

El paralelismo con la biografía del escritor es evidente: Louis Destouches fue realmente herido en una misión y permaneció ingresado en dos hospitales, en Ypres y en Hazebrouck, donde fue operado. Dos heridas certificadas. Fue gravemente herido en el brazo derecho, lo que le supuso varias intervenciones quirúrgicas; también sufrió un golpe de consideración en la cabeza, aunque no se tratara de una herida de bala, como escribe aquí llevado por su imaginación novelesca.

En efecto, la novela se impone muy pronto a la realidad; en *Guerra*, incluso si está basada en hechos reales, el relato de los acontecimientos que tienen lugar entre sus heridas y su partida a Londres sale manifiestamente de su imaginación. Los rasgos de carácter de los personajes principales –Bébert, que se convierte en Cascade, soldado herido de profesión proxeneta; la señorita L'Espinasse, probablemente inspirada en la enfermera Alice David,[1] a la que se atribuye una relación sentimental con Louis Destouches, y Adèle, prostituta y mujer de Cascade– parecen

1. Véase Pierre-Marie Miroux, *Céline: plein Nord*, Société d'études céliniennes, 2014.

acentuados con intensidad. En realidad, Louis Destouches no viaja a Londres al terminar su hospitalización, es trasladado a un hospital del Val-de-Grâce y permanece muchos meses en París antes de embarcarse con destino a Inglaterra. Sin embargo, otros elementos, y no pocos, de su relato tienen una correspondencia ya sea con su vida o con el resto de su obra, principalmente con *Viaje al fin de la noche*, *Muerte a crédito* y *Casse-Pipe*.

«Tengo mil páginas de pesadillas en reserva, la de la guerra, naturalmente, es la más importante», escribe Céline a Joseph Garcin en 1930,[1] mientras redacta su primera novela. Pero si esta comienza con el alistamiento de Ferdinand Bardamu y su participación en la guerra, en definitiva no constituyen más que las cuarenta primeras páginas del libro. Bardamu comienza a evocar su guerra diciendo: «Nos hicieron montar a caballo y luego, al cabo de dos meses de estar encima, nos volvieron a hacer ir a pie», algo que resuena con la herida del suboficial de caballería Destouches, sufrida mientras realizaba una misión a pie, contrariamente a la representación que ofrecerá *L'Illustré national* del coracero a caballo en pleno combate. El relato de este episodio concluye con esta frase: «Y luego pasaron cosas y más cosas, que ahora no resultan fáciles de contar, porque la gente de hoy en día no las entendería».[2] Unas páginas más adelante leemos que ha sido herido y que le ha sido otorgada una medalla que le han llevado al hospital. No se nos dice nada de la misión que le valió esta me-

1. Céline, *Lettres*, edición establecida por Henri Godard y Jean-Paul Louis, Gallimard, 2009, p. 297 (Bibliothèque de la Pléiade).

2. *Idem*, *Voyage au bout de la nuit*, en *Romans, I*, Gallimard, 1981, p. 47 (Bibliothèque de la Pléiade). [Hay trad. esp.: *Viaje al fin de la noche*, Edhasa, 2011.]

dalla ni de las semanas transcurridas a continuación en el hospital. En *Guerra* volvemos a encontrar al héroe, del que solo conocemos el nombre, Ferdinand, y la ciudad de Noirceur-sur-la-Lys, a pesar de que solo es mencionada en una hoja de otra versión del manuscrito,[1] y deducimos que el nombre de Peurdu-sur-la-Lys es un derivado. Figuran, igualmente, el caballero Kersuzon, que muere en el *Viaje*, y que Ferdinand ve aparecer en *Guerra* durante un delirio, junto con otros camaradas; y también el general Céladon des Entrayes, que se transforma aquí en Métuleu des Entrayes, presente también en *Guignol's Band II* durante una alucinación.[2]

Las proximidades de *Guerra* con *Muerte a crédito* son más numerosas y remiten directamente a la vida del joven Louis Destouches.

En este caso, Ferdinand recuerda sus estancias de adolescente en Inglaterra («Inglaterra no es que me recordara precisamente circunstancias favorables, pero aun así era mejor que lo que me habían [hecho] sufrir desde entonces»), largamente reproducidas por Céline en *Muerte a crédito*, y evoca sus dificultades para aprender la lengua inglesa («Yo, que no había querido soltar ni dos palabras cuando me mandaron allí para aprenderlo, me pongo a darle conversación al tipo de amarillo») cuando se dirige al soldado inglés con el que se encuentra. Se acuerda («Me acordaba de la época en que buscaba clientes para la tien[da] a lo largo del bulevar, con mis muestras de cinceladuras, y que había acabado tan mal») que estuvo empleado por un joyero (Gorloge en *Muerte a crédito*, Wagner en la realidad)

1. Véase la nota de la p. 37.
2. Céline, *Romans III*, Gallimard, 1988, pp. 429-430 (Bibliothèque de la Pléiade). [Hay trad. esp.: *Guignol's Band*, Lumen, 1996.]

especializado en el cincelado, al que se vio obligado a dejar después de que le robaran un estuche.

En *Guerra* los padres de Ferdinand regentan una tiendecita en el mismo Pasaje de las Bérésinas que en *Muerte a crédito*, y su madre, que una vez se llama Célestine y otra Clémence, como en la novela, vende encajes. Van a verlo al hospital y los recibe en su casa un colega de su padre; el padre del escritor es redactor en la compañía de seguros Le Phénix, el de Ferdinand es agente de una compañía bautizada como La Coccinelle, como en *Muerte a crédito*. En la realidad, Paul Houzet de Boubers,[1] convertido aquí en el señor Harnache, visitó a Louis Destouches en el hospital y acogió a sus padres cuando fueron a ver al herido a Hazebrouck. Los regalos que le llevan al hospital en *Guerra* se corresponden con el regalo que hizo el matrimonio Destouches a los Houzet, como atestigua una carta de agradecimiento de la señora Houzet a Marguerite Destouches.[2]

Ferdinand se refiere igualmente a la ligera cojera de su madre: «Cojeaba», «su pata innoble y delgada», y también «Mi madre, con su "patachula", como decía ella, sufría para subir los pisos»,[3] y sabemos que se refiere a la pierna atrofiada de Marguerite Destouches, probable secuela de una poliomielitis.[4]

Contrariamente a las relaciones de Louis Destouches

1. Véanse las cartas a los padres de Céline en *Devenir Céline. Lettres inédites de Louis Destouches et de quelques autres, 1912-1919*, edición y posfacio de Veronique Robert-Chovin, Gallimard, 2009.

2. *Ibidem*, p. 79.

3. «Mi madre con su "patachula"», en *Mort à crédit* (*Romans I*, *op. cit.*, p. 546).

4. François Gibault, *Céline, 1894-1932. Le Temps des espérances*, Mercure de France, 1977, pp. 32-33.

con sus padres, que sabemos afectuosas desde la aparición de sus cartas de juventud,[1] las de Ferdinand con los suyos son, en *Guerra*, mucho más conflictivas todavía de lo que lo son en *Muerte a crédito*. «Nunca he visto u oído nada más asqueroso que mi padre y mi madre», escribe, mostrando hacia ellos una gran virulencia.

Como en *Muerte a crédito*, y aquí de manera aún más cruda, el sexo está omnipresente en *Guerra*, tanto en el hospital como en la ciudad, donde Angèle ejerce su profesión captando soldados de una guarnición de aliados. La canción «Je sais que vous êtes jolie», que canta Cascade, su proxeneta pero también su marido, en la cuarta secuencia, es igualmente utilizada por Céline en *Muerte a crédito*, *Guignol's Band* y *Fantasía para otra ocasión*.

Por último, Céline hace numerosas referencias a *La Volonté du Roi Krogold*, una obra que sabemos escrita antes que *Muerte a crédito*, puesto que ya aparece citada en sus páginas. Sus personajes principales –Gwendor, Joad, Thibaut y Wanda– aparecen en los dos textos. Una edición completa de *La Volonté* será publicada próximamente a partir de los manuscritos recuperados.

Casse-Pipe, de la que solo conocemos una parte, incluso si se han encontrado recientemente algunas secuencias, se inspira en los dos años que Louis Destouches pasó en el 12.º regimiento de coraceros de Rambouillet. Durante mucho tiempo se creyó que la *Guerra* de la que Céline hablaba en sus cartas a Robert Denoël y Eugène Dabit de 1934[2] se trataba de hecho de *Casse-Pipe* –sobre todo por-

1. *Devenir Céline*, *op. cit.*

2. «Enfance – La Guerre – Londres» en una carta a Eugène Dabit del 14 de julio de 1934 (Céline, *Lettres, op. cit.*, pp. 430-431) y «Enfance – Guerre – Londres» en una carta a Robert Denoël del

que en «L'histoire de *Casse-Pipe*», que Céline escribe en 1957,[1] los soldados fuerzan la caja del regimiento, lo que empuja al oficial a lanzarse desesperadamente al frente con sus hombres, lo que explicaría que hubiesen ido, como suele decirse, al matadero. Puede pensarse entonces, con toda razón, que la continuación lógica de *Casse-Pipe* reconstruiría la movilización de agosto de 1914 y los tres meses pasados en el frente hasta la misión en la que el autor resulta herido, pero por desgracia este episodio aún nos falta. Siguiendo esta hipótesis, *Guerra* vendría a continuación y podría ser el episodio final de *Casse-Pipe...* Esta posibilidad se quedará en mera especulación a menos que un día aparezca un nuevo manuscrito que la confirme o la desmienta. Este episodio de la caja del regimiento se evoca en *Guerra* al menos en tres ocasiones: «El recuerdo de la valija con la guita», «Luego pensé en la valija, en todos los furgones [del regimiento] saqueados» y «A mi juicio, seguían hablando de la caja del regimiento que también se había echado a perder, desaparecida en la aventura, eso era lo más grave con que podían pillarme aquella panda de cerdos». Ese momento de extravío de los soldados explica que Ferdinand tema tanto los resultados de la investigación del consejo de guerra, incluso cuando acaba de ser recompensado por su valentía.

Por último, en *Guerra* Ferdinand anuncia a la cantinera, la señora Onime: «Murió como un valiente», sin precisar de quién habla, lo que resulta una alusión incomprensible. Si es posible imaginar que se refiere al marido de

---

16 de julio de 1934 (*Céline et les Éditions Denoël*, correspondencia y documentos presentados y anotados por Pierre-Edmond Robert, Imec Éditions, 1991, p. 63).

1. Véase *Casse-Pipe* en Céline, *Romans III, op. cit.*, p. 65.

la cantinera, también podemos relacionar la secuencia de *Casse-Pipe* en la que a la cantinera, la señora Leurbanne, con la que Ferdinand ha contraído deudas, se le supone una relación íntima con el suboficial Lacadent.[1]

Pero *Guerra* prefigura igualmente *Guignol's Band*. El nombre de Cascade (cuyo regimiento de origen varía: 70.º, luego 392.º y 418.º), que sustituye repentinamente el de Bébert al comienzo de la tercera secuencia, también se encuentra en *Guignol's Band*, si bien no puede tratarse del mismo personaje puesto que ha sido fusilado. El Cascade de *Guignol's Band*, cuya mujer se llama también Angèle, es asimismo un proxeneta. Su sobrino, Raoul Farcy (Roger, hermano de Cascade en *Guignol's Band*) también es fusilado por haberse mutilado voluntariamente, pero la mano izquierda,[2] una nueva similitud con el personaje de *Guerra*.

Es imposible saber qué habría hecho Céline con el presente manuscrito de no haber desaparecido, muy a pesar suyo, en 1944. Pero todos estos elementos nos permiten inscribirlo de manera coherente en su obra y en la cronología que da forma a la trama narrativa. *Guerra* llena un vacío sobre un episodio capital de la vida y la obra del escritor, con un relato que, si bien es un primer borrador, es cabalmente representativo de su escritura.

1. *Ibidem*, p. 68.
2. *Ibidem*, pp. 268-269.

REPERTORIO DE PERSONAJES RECURRENTES

AGATHE, *véase* L'ESPINASSE (SRTA.).

ANGÈLE: prostituta, mujer de Cascade (Bébert); tiene dieciocho años, dice Cascade, pero ella dirá que tiene dos años más que Ferdinand, que debe de tener veinte. Su personaje, igualmente presente en *Londres*, prefigura la Angèle, mujer de Cascade Farcy, de *Guignol's Band.*

BÉBERT (GONTRAN): se convierte en Gontran Cascade y dice que en realidad se llama Julien Boisson. Acaba fusilado. En *Guignol's Band*, un sobrino de Cascade Farcy, Raoul (que se convierte en Roger, hermano de Cascade), es fusilado porque se ha automutilado.

CASCADE, *véase* BÉBERT.

DES ENTRAYES, GENERAL, aquí llamado MÉTULEU: coronel (alias general) Céladon des Entrayes en *Viaje al fin de la noche* y Des Entrayes en *Guignol's Band* y *Fantasía para otra ocasión.*

FERDINAND: narrador, doble de Céline.

GWENDOR: personaje de *La Volonté du Roi Krogold*, príncipe felón de Cristianía, asesinado por el Rey Krogold.

HARNACHE (SR.): agente de seguros que trabaja en la misma compañía que el padre de Ferdinand. Su modelo es

Paul Houzet de Boubers, agente de la compañía de seguros Le Phénix, la compañía del padre de Céline, en Hazebrouck.

JOAD: personaje de *La Volonté du Roi Krogold*, enamorado de Wanda.

KERSUZON: jinete, camarada de Ferdinand, muerto en combate. Lo encontramos en *Viaje al fin de la noche*, en *Bagatelles pour un massacre*, y será un personaje central de las secuencias encontradas de *Casse-Pipe*.

KROGOLD: rey de la leyenda del mismo nombre, conocida por los extractos de *Muerte a crédito* pero que también forma parte de los manuscritos encontrados. Padre de Wanda, tiene una fortaleza, Morehande, y asesina a Gwendor.

LE CAM: jinete, camarada de Ferdinand, muerto en combate. Lo encontramos también en *Casse-Pipe*.

LE DRELLIÈRE: jinete, probablemente el suboficial de quien depende Ferdinand, muerto en combate.

L'ESPINASSE (SRTA.): enfermera en Peurdu-sur-la-Lys. De nombre Aline, puede ser también la Agathe del final de la narración. Probablemente inspirada en Alice David, enfermera en Hazebrouck a la que se supone una relación sentimental con Céline.

MADRE DE FERDINAND: llamada Célestine por su marido, el padre de Ferdinand, y luego Clémence (como en *Muerte a crédito*).

MÉCONILLE: oficial médico que opera a Ferdinand. El médico que operó a Céline en Hazebrouck se llamaba Gabriel Sénellart. A pesar de la tentación de leer «Mécouille»[1] en el manuscrito, es la grafía más probable.

1. *Couille* en francés significa «testículo» en lenguaje vulgar, «cojón». *(N. del T.)*

MORVAN: personaje de *La Volonté du Roi Krogold*; padre de Joad, asesinado por Thibaut.

ONIME (SRA.): cantinera. En *Casse-Pipe*, a la señora Leurbanne, la cantinera, se le sospecha una relación con el suboficial Lacadent.

PADRE DE FERDINAND: trabaja en La Coccinelle, como el señor Harnache, equivalente de Le Phénix, compañía en la que trabaja Ferdinand Destouches.

PURCELL: el comandante Cecil B. Purcell K. B. B., ingeniero; cliente de Angèle; gracias a él la muchacha y Ferdinand parten a Londres. Será uno de los personajes de *Londres*.

THIBAUT: trovador, personaje de *La Volonté du Roi Krogold*; asesina a Morvan, padre de Joad.

WANDA (PRINCESA): hija del Rey Krogold, personaje de *La Volonté du Roi Krogold*.

ÍNDICE